老舍说幽默

张桂兴　王任　编

齊魯書社

纪念老舍诞辰120周年

（1899—2019）

老舍

1923 年，青年老舍赠送给友人的肖像照

1925 年，老舍在伦敦寓所

1936年，老舍在青岛时留影

目　录

谈幽默

“幽默”这个字在字典上有十来个不同的定义。还是把字典放下，让咱们随便谈吧。据我看，它首要的是一种心态。我们知道，有许多人是神经过敏的，每每以过度的感情看事，而不肯容人。这样人假若是文艺作家，他的作品中必含着强烈的刺激性，或牢骚，或伤感；他老看别人不顺眼，而愿使大家都随着他自己走，或是对自己的遭遇不满，而伤感的自怜。反之，幽默的人便不这样，他既不呼号叫骂，看别人都不是东西，也不顾影自怜，看自己如一活宝贝。他是由事事中看出可笑之点，而技巧的写出来。他自己看出人间的缺欠，也愿使别人看到。不但仅是看到，他还承认人类的缺欠；于是人人有可笑之处，他自己也非例外，再往大处一想，人寿百年，而企图无限，根本矛盾可笑。于是笑里带着同情，而幽默乃通于深奥。所以 Thackeray（萨克雷）说：“幽默的写家是要唤醒与指导你的爱心，怜悯，善意——你的恨恶不实在，假装，作伪——你的同情与弱者，穷者，被压迫者，不快乐者。”

Walpole（沃波尔）说："幽默者'看'事，悲剧家'觉'之。"这句话更能补证上面的一段。我们细心"看"事物，总可以发现些缺欠可笑之处；及至钉着坑儿去咂摸，便要悲观了。

我们应再进一步的问，除了上面这点说明，能不能再清楚一些的认识幽默呢？好吧，我们先拿出几个与它相近，而且往往与它相关的几个字，与它比一比，或者可以稍微使我们清楚一点。反语（irony），讽刺（satire），机智（wit），滑稽剧（farce），奇趣（whimsicality），这几个字都和幽默有相当的关系。我们先说那个最难讲的——奇趣。这个字在应用上是很松泛的，无论什么样子的打趣与奇想都可以用这个字来表示，《西游记》的奇事，《镜花缘》中的冒险，《庄子》的寓言，都可以叫作奇趣。可是，在分析文艺品类的时候，往往以奇趣与幽默放在一处，如《现代小说的研究》的著者Marble（马布尔）便把 whimsicality and humour（奇趣和幽默）作为一类。这大概是因为奇趣的范围很广，为方便起见，就把幽默也加了进去。一般地说，幻想的作品——即使是别有目的——不能不利用幽默，以便使文字生动有趣；所以这二者——奇趣与幽默——就往往成了一家人。这个，简直不但不能帮忙我们看明何为幽默，反倒使我更糊涂了。不过，有一点可是很清楚：就是文字要生动有趣，必须利用幽默。在这里，我们没弄清幽默是什么，可是明白幽默很重要的一个效用。假若干燥，晦涩，无趣，是文艺的致命伤；幽默便有了很大的重要；这就是它之所以成为文艺的因素之一的缘故吧。

至于反语，便和幽默有些不同了；虽然它俩还是可以联合在一处的东西。反语是暗示出一种冲突。这就是说，一句中有两个相反的意思，所要说的真意却不在话内，而是暗示出来的。《史记》上载着这么回事：秦始皇要修个大园子，优旃对他说："好哇，多多搜集飞禽走兽，等敌人从东方来的时候，就叫麋鹿去挡一阵，满好！"这个话，在表面上，是顺着始皇的意思说的。可是咱们和始皇都能听出其中的真意；不管咱们怎样吧，反正始皇就没再提造园的事。优旃的话便是反语。它比幽默要轻妙冷静一些。它也能引起我们的笑，可是得明白了它的真意以后才能笑。它在文艺中，特别是小品文中，是风格轻妙，引人微笑的助成者。据会古希腊语的说：这个字原意便是"说"，以别于"意"。因此，这个字还有个较实在的用处——在文艺中描写人生的矛盾与冲突，直以此字的含意用之人生上，而不只在文字上声东击西。在悲剧中，或小说中，聪明的人每每落在自己的陷阱里，聪明反被聪明误；这个，和与此相类的矛盾，普遍被称为 Sophoclean irony（索福克里斯的反语）。不过，这与幽默是没什么关系的。

现在说讽刺。讽刺必须幽默，但它比幽默厉害。它必须用极锐利的口吻说出来，给人一种极强烈的冷嘲；它不使我们痛快的笑，而是使我们淡淡的一笑，笑完因反省而面红过耳。讽刺家故意的使我们不同情于他所描写的人或事。在它的领域里，反语的应用似乎较多于幽默，因为反语也是冷静的。讽刺家的心态好似是看透了这个世界，而去极巧妙的攻击人类的短处，如《海外轩渠录》，如《镜花缘》中的一部分，都是这种心态的表现。幽默者的心是热的，讽刺家的心是冷的；因此，讽刺多是破坏的。马克·吐温（Mark Twain）可以被人形容作："粗壮，心宽，有天赋的用字之才，使我们一齐发笑。他以草原的野火与西方的泥土建设起他的真实的罗曼司，指示给我们，在一切重要之点上我们都是一样的。"这是个幽默者。让咱们来看看讽刺家是什么样子吧。好，看看 Swift（斯威夫特）这个家伙；当他赞美自己的作品时，他这么说："好上帝。我写那本书的时候，我是何等的一个天才呀！"在他廿六岁的时候，他希望他的诗能够："每一行会刺，会炸，像短刃与火。"是的，幽默与讽刺二者常常在一块儿露面，不易分划开；可是，幽默者与讽刺家的心态，大体上是有很清楚的区别的。幽默者有个热心肠儿，讽刺家则时常由婉刺而进为笑骂与嘲弄。在文艺的形式上也可以看出二者的区别来：作品可以整个的叫作讽刺，一出戏或一部小说都可以在书名下注明 a satire。幽默不能这样。"幽默的"至多不过是形容作品的可笑，并不足以说明内容的含意如何。"一个讽刺"—a satire—则分明是有计划的，整本大套的讥讽或嘲骂。一本讽刺的戏剧或小说，必有个道德的目的，以笑来矫正或诛伐。幽默的作品也能有道德的目的，但不必一定如此。讽刺因道德目的而必须毒辣不留情，幽默则宽泛一些，也就宽厚一些，它可以讽刺，也可以不讽刺，一高兴还可以什么也不为而只求和大家笑一场。

机智是什么呢？它是用极聪明的，极锐利的言语，来道出像格言似的东西，使人读了心跳。中国的老子庄子都有这种聪明。讽刺已经很厉害了，可到底要设法从旁面攻击；至于机智则是劈面一刀，登时见血。“圣人不死，大盗不止！”这才够味儿。不论这个道理如何，它的说法的锐敏就够使人跳起来的了。有机智的人大概是看出一条真理，便毫不含糊的写出来；幽默的人是看出可笑的事而技巧的写出来；前者纯用理智，后者则赖想象来帮忙。Chesterton（切斯特顿）说：“在事物中看出一贯的，是有机智的。在事物中看出不一贯的，是个幽默者。”这样，机智的应用，自然在讽刺中比在幽默中多，因为幽默者的心态较为温厚，而讽刺与机智则要显出个人思想的优越。

滑稽戏—farce—在中国的老话儿里应叫作“闹戏”，如《瞎子逛灯》之类。这种东西没有多少意思，不过是充分的作出可笑的局面，引人发笑。在影戏的短片中，什么把一套碟子都摔在头上，什么把汽车开进墙里去，就是这种东西。这是幽默发了疯；它抓住幽默的一点原理与技巧而充分的去发展，不管别的，只管逗笑，假若机智是感诉理智的，闹戏则仗着身体的摔打乱闹。喜剧批评生命，闹戏是故意招笑。假若幽默也可以分等的话，这是最下级的幽默。因为它要摔打乱闹的行动，所以在舞台上较易表现；在小说与诗中几乎没有什么地位。不过，在近代幽默短篇小说里往往只为逗笑，而忽略了——或根本缺乏——那“笑的哲人”的态度。这种作品使我们笑得肚痛，但是除了对读者的身体也许有点益处——笑为化食糖呀——而外，恐怕任什么也没有了。

有上面这一点粗略的分析，我们现在或者清楚一些了：反语是似是而非，借此说彼；幽默有时候也有弦外之音，但不必老这个样子。讽刺是文艺的一格，诗，戏剧，小说，都可以整篇的被呼为 a satire；幽默在态度上没有讽刺这样厉害，在文体上也不这样严整。机智是将世事人心放在 X 光线下照透，幽默则不带这种超越的态度，而似乎把人都看成兄弟，大家都有短处。闹戏是幽默的一种，但不甚高明。

拿几句话作例子，也许就更能清楚一些：

今天贴了标语，明天中国就强起来——反语。

君子国的标语：“之乎者也”——讽刺。

标语是弱者的广告——机智。

张三把“提倡国货”的标语贴在祖坟上——滑稽；再加上些贴标语时怎样摔跟头等等招笑的行动，就成了闹戏。

张三把“打倒帝国主义走狗”贴成“走狗打倒帝国主义”——幽默；这个张三贴一天的标语也许才挣三毛小洋，贴错了当然要受罚；我们笑这种贴法，可是很可怜张三。

这几个例子摆在纸面上也许能帮助我们分别的认清它们，但在事实上是不易这样分划开的。从性质上说，机智与讽刺不易分开，讽刺也有时候要利用闹戏；至于幽默，就更难独立。从一篇文章上说，一篇幽默的文字也许利用各种方法，很难纯粹。我们简直可以把这些都包括在幽默之内，而把它们看成各种手法与情调。我们这样分析它们与其说是为从形式上分别得清楚，还不如说是为表明幽默——大概的说——有它特具的心态。

所谓幽默的心态就是一视同仁的好笑的心态。有这种心态的人虽不必是个艺术家，他还是能在行为上言语上思想上表现出这个幽默态度。这种态度是人生里很可宝贵的，因为它表现着心怀宽大。一个会笑，而且能笑自己的人，决不会为件小事而急躁怀恨。往小了说，他决不会因为自己的孩子挨了邻儿一拳，而去打邻儿的爸爸。往大了说，他决不会因为战胜政敌而去请清兵。褊狭，自是，是“四海兄弟”这个理想的大障碍；幽默专治此病。嬉皮笑脸并非幽默；和颜悦色，心宽气朗，才是幽默。一个幽默写家对于世事，如入异国观光，事事有趣。他指出世人的愚笨可怜，也指出那可爱的小古怪地点。世上最伟大的人，最有理想的人，也许正是最愚而可笑的人，吉珂德先生即一好例。幽默的写家会同情于一个满街追帽子的大胖子，也同情——因为他明白——那攻打风磨的愚人的真诚与伟大。

原载1936年8月16日《宇宙风》第23期。

当幽默变成油抹

小二小三玩腻了：把落花生的尖端咬开一点，夹住耳唇当坠子，已经不能再作，因为耳坠不晓得是怎回事，全到了他们肚里去；还没有人能把花生吃完再拿它当耳坠！《儿童世界》上的插画也全看完了，没有一张满意的，因为据小二看，画着王家小五是王八的才能算好画，可是插画里没有这么一张。小二和王家小五前天打了一架，什么也不因为，并且一点不是小二的错，一点也不是小五的错；谁的错呢？没人知道。“小三，你当马吧？”小三这时节似乎什么也愿意干，只是不愿意当马。“再不然，咱们学狗打架玩？”小二又出了主意。“也好，可是得真咬耳朵？”小三愿事先问好，以免咬了小二的耳朵而去告诉妈妈。咬了耳朵还怎么再夹上花生当耳坠呢？小二不愿意。唱戏吧？好，唱戏。但是，先看看爸和妈干什么呢。假如爸不在家，正好偷偷的翻翻他那些杂志，有好看的图画可以撕下一两张来；然后再唱戏。

爸和妈都在书房里。爸手里拿着本薄杂志，可是没看；妈手里拿着些毛绳，可是没织；他们全笑呢。小二心里说大人也是好玩呀，不然，爸为什么拿着书不看，妈为什么拿着线不织?

爸说："真幽默，哎呀，真幽默！"爸嘴上的笑纹几乎通到耳根上去。

这几天爸常拿着那么一薄本米色皮的小书喊幽默。

小二小三自然是不懂什么叫幽默，而听成了油抹；可是油抹有什么可笑呢？小三不是为把油抹在袖口上挨过一顿打吗！大人油抹就不挨打而嘻嘻，不公道！

爸念了，一边念一边嘻嘻，眼睛有时候像要落泪，有时候一句还没念完，嘴里便哈哈哈。妈也跟着嘻嘻嘻。念的什么子路——小三听成了紫鹿——又是什么三民主义，而后嘻嘻嘻——一点也不可笑，而爸与妈偏嘻嘻嘻！

决定过去看看那小本是什么。爸不叫他们看："别这儿捣乱，一边儿玩去！"妈也说："玩去，等爸念完再来！"好像这个小薄本比什么都重要似的！也许爸和妈都吃多了；妈常说小孩子吃多了就胡闹，爸与妈也是如此。

念了半天，爸看了看表，然后把小本折好了一页，极小心的放在写字台的抽屉里："晚上再念；得出门了。"

"再念一段！"妈这半天连一针活也没作，还说再念一段呢，真不害羞！小三心里的小手指头直在脸上削，"没羞没臊，当间儿画个黑老道！"

"晚上，晚上！凑巧还许把第十期买来呢！"爸说，还是笑着。

爸爸走了，走到院里还嘻嘻呢；爸是吃多了！

妈拿着活计到里院去了。

小二小三决定要犯犯“不准动爸的书”的戒命。等妈走远了，轻轻的开了抽屉，拿出那本叫爸和妈嘻嘻的宝贝。他们全把大拇指放在嘴里咂着，大气不出的去找那招人笑的小鬼。他们以为书中必是有个小鬼，这个小鬼也许就叫做油抹。人一见油抹就要嘻嘻，或是哈哈。找了半天，一篇一篇全是黑字！有一张画，看不懂是什么，既不是小兔搬家，又不是小狗成亲，简直的什么也不像！这就可乐呀？字和这样的画要是可乐，为什么妈不许我们在墙上写字画图呢？

“咱们还是唱戏去吧？”小三不耐烦了。

“小三，看，这个小盒也在这儿呢，爸不许咱们动，楞偷偷的看看？”小二建议。

已经偷看了书，为什么不再偷看看小盒？就是挨打也是一顿。小三想的很精密。

把小盒轻轻打开，喝，里边一管挨着一管，都是刷牙膏，可是比刷牙膏的管小些细些。小二把小铅盖转了转，挤，咕——挤出滑溜溜的一条小红虫来，哎呀有趣！小三的眼睁得像两个新铜子，又亮又圆。“来，我挤一个！”他另拿了管，咕——挤出条碧绿的小虫来。

一管一管，全挤过了，什么颜色的也有，真好玩！小二拿起盒里的一支小硬笔，往笔上挤了些红膏，要往牙上擦。

“小二，别，万一这是爸的冻疮药呢？”

"不能，冻疮药在妈的抽屉里呢。"

"等等，不是药，也许呀，也许呀——"小三想了半天想不出是什么。

"这么着吧，小三，把小管全挤在桌上，咱们打花脸吧？"

"唱——那天你和爸听什么来着？"小三的戏剧知识只是由小二得来的那些。

"有花脸的那个？嘀咕的嘀咕嘀嘀咕！《黄鹤楼》！"

"就唱《黄鹤楼》吧！你打红脸，我打绿脸。嘀咕嘀——"

"《黄鹤楼》里没有绿脸！"小二觉得小三对扮戏是没发言权的。

"假装的有个绿脸就得了吗！糖挑上的泥人戏出就有绿脸的。"

两个把管里的小虫全挤得越长越好，而后用小硬笔往脸上抹。

"小二，我说这不是牙膏，你瞧，还油亮油亮的呢。喝，抹在脸上有点漆得慌！"

"别说话；你的嘴直动，我怎给你画呀？！"小二给小三的腮上打些紫道，虽然小三是要打绿脸。

正这么打脸，没想到，爸回来了！

"你们俩干什么呢？干什么呢！"

"我们——"小二一慌把小刷子放在小三的头上。

小三，正闭着眼等小二给画眉毛，睁开了眼。

"你们干什么？！"爸是动了气："二十多块一盒的油！"

“对啦，爸，我们这儿油抹呢！”小三直抓腮部，因为油漆得不好受。

“什么油抹呀？”

“不是爸看这本小书的时候，跟妈说，真油抹，爸笑妈也笑吗？”

“这本小书？”爸指着桌上那本说：“从此不再看《论语》！”

爸真生了气。一下子坐在椅子上，气哼哼的，不自觉的，从衣袋里掏出一本小书——样子和桌上那本一样。

乘着爸看新买来的小书，小二小三七手八脚把小管全收在盒里，小三从头上揭下小笔，也放进去。

爸又看入了神，嘴角又慢慢往上弯。小二们的《黄鹤楼》是不敢唱了，可也不敢走开，敬候着爸的发落。

爸又嘻嘻了，拍了大腿一下：“真幽默！”

小三向小二咬耳朵：“爸是假装油抹，咱们才是真油抹呢！”

原载1933年2月16日《论语》第11期。

“幽默”的危险

这里所说的危险，不是“幽默”足以祸国殃民的那一套。

最容易利用的幽默技巧是摆弄文字，“岂有此埋”代替了“岂有此理”，“莫名其妙”会变成了“莫名其土地堂”；还有什么故意把字用在错地方，或有趣的写个白字，或将成语颠倒过来用，或把诗句改换上一两个字，或巧弄双关语……都是想在文字里找出缝子，使人开开心，露露自家的聪明。这种手段并不怎么大逆不道，不过它显然的是专在字面上用工夫，所以往往有些油腔滑调；而油腔滑调正是一般人所谓的“幽默”，也就是正人君子所以为理当诛伐的。这个，可也不是这里所要说的。

假若“幽默”也会有等级的话，摆弄文字是初级的，浮浅的；它的确抓到了引人发笑的方法，可是工夫都放在调动文字上，并没有更深的意义，油腔滑调乃必不可免。这种方法若使得巧妙一些，便可以把很不好开口说的事说得文雅一些，“雀入大水化为蛤”一变成“雀入大蛤化为水”仿佛就在一群老翰林面前也大可以讲讲的。虽然这种办法不永远与狎亵相通，可是要把狎亵弄成雅俗共赏，这的确是个好方法。这就该说到狎亵了：我们花钱去听相声，去听小曲；我们当正经话已说完而不便都正襟危坐的时候，不知怎么便说起不大好意思的笑话来了。相声，小曲，和不大好意思的笑话，都是整批的贩卖狎亵，而大家也觉得“幽默”了一下。在幽默的文艺里，如 Aristophanes（阿里斯托芬，古希腊早期喜剧代表作家），如 Rabelais（拉伯雷，文艺复兴时期法国作家），如 Boccaccio（薄伽丘，意大利文艺复兴时期作家），都大大方方的写出后人得用 ×× 印出来的事儿。据批评家看呢，有的以为这种粗莽爽利的写法适足以表示出写家的大方不拘，无论怎样也比那扭扭捏捏的暗示强，暗透消息是最不健康的。（或者《西厢记》与《红楼梦》比《金瓶梅》更能害人吧？）有的可就说，这种粗糙的东西，也该划入低级幽默，实无足取。这个，且当个悬案放在这里，它有无危险，是高是低，随它去吧；这又不是这里所要说的。

来到正文。我所要说的，是我自己体验出的一点道理：

幽默的人，据说，会郑重的去思索，而不会郑重的写出来；他老要嘻嘻哈哈。假若这是真的，幽默写家便只能写实，而不能浪漫。不能浪漫，在这高谈意识正确，与希望革命一下子就成功的时期，便颇糟心。那意识正确的战士，因为希望革命一下子成功，会把英雄真写成个英雄，从里到外都白热化，一点也不含糊，像块精金。一个幽默的人，反之，从整部人类史中，从全世界上，找不出这么块精金来；他若看见一位战士为督战而踢了同志两脚，似乎便有点可笑；一笑可就泄了气。幽默真是要不得的！

浪漫的人会悲观，也会乐观；幽默的人只会悲观，因为他最后的领悟是人生的矛盾——想用七尺之躯，战胜一切，结果却只躺在不很体面的木匣里，像颗大谷粒似的埋在地下。他真爱人爱物，可是人生这笔大账，他算得也特别清楚。笑吧，明天你死。于是，他有点像小孩似的，明知顽皮就得挨打，可是还不能不顽皮。因此，他有时候可爱，有时候讨人嫌；在革命期间，他总是讨人嫌的，以至被正人君子与战士视如眼中钉，非砍了头不解气。多么危险。

顽皮，他可是不会扯谎。他怎么笑别人也怎么笑自己。Rabelais，当惹起教会的厌恶而想架火烧死他的时候，说：不用再添火了，我已经够热的了。他爱生命，不肯以身殉道，也就这么不折不扣的说出来。周作人（知堂）先生的博学，谁不知道呢，可是在《秉烛谈序言》中，他说："今日翻看唱经堂《杜诗解》——说也惭愧，我不曾读过《全唐诗》，唐人专集在书架上是有数十部，却都没有好好的看过，所有一点知识只出于选本，而且又不是什么好本子，实在无非是《唐诗三百首》之类，唱经之不登大雅之堂，更不用说了，但这正是事实……"在周先生的文章里，像这样的坦白陈述，还有许许多多。一个有幽默之感的人总扭不过去"这是事实"，他不会鼓着腮充胖子。大概是那位鬼气森森的爱兰·坡（现通译爱伦·坡，美国小说家）吧，专爱引证些拉丁或法文的句子，其实他并没读过原书，而是看到别人引证，他便偷偷的拉过来，充充胖子。这并不是说，浪漫者都不诚实，不过他把自己一滴眼泪都视如珍宝，那么，假充胖子也许是不可免的，他唯恐泄了气。幽默的人呢，不，不这样，他不怕泄气，只求心中好过。这么一来，他可就被人视为小丑，永远欠着点严重，不懂得什么叫作激起革命情绪。危险。

他悲观，他顽皮，他诚实；哼，他还容让人呢，这就更糟。按说，一个文人应当老眼看六路，耳听八方，有个风声草动，立刻拔出笔来，才像那么一回子事。战斗的时候，还应当撒手就是一毒气弹，不容来将通名，就给打闷了气。人家只说了他写错一个字，他马上发现那个人的祖宗写过一万个错字，骂了祖宗，子孙只好去重修家谱，还不出话来。幽默的人呀，糟心，即使他没写错那个字，也不去辩驳；“谁没有个错儿呢？”他说。这一说可就泄了大家的劲，而文坛冷冷清清矣。他不但这样容让人，就是在作品之中也是不肯赶尽杀绝。他看清了革命是怎回事，但对于某战士的鼻孔朝天，总免不了发笑。他也看资本家该打倒，可是资本家的胡子若是好看，到底还是好看。这么一来，他便动了布尔乔亚的妇人之仁，而笔下未免留些情分。于是，他自己也就该被打倒，多么危险呢。

这就是我所看出来的一点点意思，对与不对都没关系。

原载 1937 年 5 月 16 日《宇宙风》第 41 期。

什么是幽默？

幽默是一个外国字的译音，正像“摩托”和“德谟克拉西”等等都是外国字的译音那样。

为什么只译音，不译意呢？因为不好译——我们不易找到一个非常合适的字，完全能够表现原意。假若我们一定要去找，大概只有“滑稽”还相当接近原字。但是，“滑稽”不完全相等于“幽默”。“幽默”比“滑稽”的含意更广一些，也更高超一些。“滑稽”可以只是开玩笑，而“幽默”有更高的企图。凡是只为逗人哈哈一笑，没有更深的意义的，都可以算作“滑稽”，而“幽默”则须有思想性与艺术性。

原来的那个外国字有好几个不同的意思，不必在这一一介绍。我们只说一说现在我们怎么用这个字。

英国的狄更斯、美国的马克·吐温，和俄罗斯的果戈里等伟大作家都一向被称为幽默作家。他们的作品和别的伟大作品一样地憎恶虚伪、狡诈等等恶德，同情弱者，被压迫者，和受苦的人。但是，他们的爱与憎都是用幽默的笔墨写出来的——这就是说，他们写的招笑，有风趣。

我们的相声就是幽默文章的一种。它讽刺，讽刺是与幽默分不开的，因为假若正颜厉色地教训人便失去了讽刺的意味，它必须幽默地去奇袭侧击，使人先笑几声，而后细一咂摸，脸就红起来。解放前通行的相声段子，有许多只是打趣逗哏的“滑稽”，语言很庸俗，内容很空洞，只图招人一笑，没有多少教育意义和文艺味道。解放后新编的段子就不同了，它在语言上有了含蓄，在思想上多少尽到讽刺的责任，使人听了要发笑，也要去反省。这大致地也可以说明“滑稽”和“幽默”的不同。

幽默文字不是老老实实的文字，它运用智慧，聪明，与种种招笑的技巧，使人读了发笑，惊异，或啼笑皆非，受到教育。我们读一读狄更斯的，马克·吐温的，和果戈里的作品，便能够明白这个道理。听一段好的相声，也能明白些这个道理。

幽默的作家必是极会掌握语言文学的作家，他必须写得俏皮，泼辣，警辟。幽默的作家也必须有极强的观察力与想象力。因为观察力极强，所以他能把生活中一切可笑的事，互相矛盾的事，都看出来，具体地加以描画和批评。因为想象力极强，所以他能把观察到的加以夸张，使人一看就笑起来，而且永远不忘。

不论是作家与否，都可以有幽默感。所谓幽默感就是看出事物的可笑之处，而用可笑的话来解释它，或用幽默的办法解决问题。比如说，一个小孩见到一个生人，长着很大的鼻子；小孩子是不会客气的，马上叫出来："大鼻子！"假若这位生人没有幽默感呢，也许就会不高兴，而孩子的父母也许感到难以为情。假若他有幽默感呢，他会笑着对小孩说："就叫鼻子叔叔吧！"这不就大家一笑而解决了问题么？

幽默的作家当然会有幽默感。这倒不是说他永远以"一笑了之"的态度应付一切。不是，他是有极强的正义感的，决不饶恕坏人坏事。不过，他也看出社会上有些心地狭隘的人，动不动就发脾气，闹情绪，其实那都是三言两语就可以解决的，用不着闹得天翻地覆。所以，幽默作家的幽默感使他既不饶恕坏人坏事，同时他的心地是宽大爽朗，会体谅人的。假若他自己有短处，他也会幽默地说出来，决不偏袒自己。

人的才能不一样，有的人会幽默，有的人不会。不会幽默的人最好不必勉强耍俏，去写幽默文章。清清楚楚、老老实实的文章也能是好文章。勉强耍几个字眼，企图取笑，反倒会弄巧成拙。更须注意：我们讥笑坏的品质和坏的行为，我们可绝对不许讥笑本该同情的某些缺陷。我们应该同情盲人，同情聋子或哑巴，绝对不许讥笑他们。

原载1956年3月20日《北京文艺》3月号。

谈讽刺

从文学体裁上说，诗里有讽刺诗，戏剧里有讽刺剧，小说里有讽刺小说，都自成一格。曲艺里也有自成一格的讽刺文学，就是相声。此外，童话、神话、寓言和笑话里也都有或多或少的讽刺成分。可见讽刺在文学里确实占有重要地位。

在旧社会里，统治阶级不喜欢人民自由发表意见，可是人民会利用讽刺文体，声东击西，指槐骂柳，进行攻击，发泄愤恨，使统治阶级哭笑不得，十分狼狈。多么专暴的统治者也扼杀不了讽刺文学。反之，压迫越凶，通过讽刺而来的抗议就越厉害。

在我们的新社会里，人民有了言论自由，是否还需要讽刺文学呢？这就要问：我们是否需要批评与自我批评？

我想，谁也不会说不需要批评与自我批评吧。那么，讽刺文学是最尖锐的批评，通过艺术形象使大家看清楚我们拥护什么和反对什么，我们怎会不需要它呢？正因为我们讲民主，重视批评与自我批评，所以我们才需要讽刺文学，欣赏讽刺文学。欣赏讽刺文学是我们的民主精神的一种表现。

可是，有的人不喜欢讽刺文学，特别不喜欢碰到他自己的痒痒肉的讽刺文学。我们是不是就因此决定少得罪人，不再写讽刺的作品呢？我想谁都会很好地回答这个，用不着我多说什么。我倒要提醒怕碰到自己痒痒肉的人，去检查自己一下，是不是心里有点只喜欢谀媚，不愿意接受批评的毛病呢？作家们是有正义感的，不能够把该讽刺的反而歌颂一番，粉饰太平对谁也没有好处。

有的人甚至不许讽刺他所属的那一部门或那一行业。比方说：作医生的不许作品里讽刺任何医生或医院，作教师的不许讽刺任何教师或学校。他好像是说：我们这一部门或行业是神圣不可侵犯的，绝对禁止批评！这个说法有什么根据呢？接受批评，端正个人的工作态度，改进业务，不是好事情吗？作品里讽刺一位医生或某一个假设的医院，并不是一笔抹杀所有的医生和所有的医院的功绩。假若不幸而言中，作品里假设的讽刺对象恰好像实际中的某一医生或某一医院，那就该取有则改之、无则加勉的态度才是。在咱们的社会里，谁也没有禁止批评的特权。在资本主义国家里，作家为避免招惹麻烦，或吃官司，往往在剧本和小说的卷首声明：“书中人物事实都是想象出来的，并非真人真事。”难道我们也必须这么作吗？

那些反对讽刺文学的人并不敢公开地说禁止批评与讽

刺。他们总是振振有词地说：作家歪曲了现实，咱们的社会里没有这样的人——指作品中的讽刺对象而言。

要知道，夸大是讽刺的必要手段。既须夸大，就必须把许多该讽刺的行为适当地集中于一身。这才能创造出形象鲜明的人物来。假若我们只吞吞吐吐地说：这个人的思想与行为95%都是值得表扬的，不过只有5%，或更少一些，容或应当批评一下，我们就无法创造出这样的人物。既要讽刺，便须辛辣，入骨三分。不疼不痒的讽刺等于放弃讽刺的责任，也就得不到任何教育效果。讽刺，在我们的社会里，是急切地鞭策一切落后的人物，希望他们及时转变，不再作社会主义建设的绊脚石。它无情地揭发一切不合理的行为，要求我们都振作精神，作个先进的人物。它也要求我们检查自己，还有没有旧社会残留下来的毛病，从而决定去洗干净自己的身心。讽刺家的手段是辛辣无情的，他的心里可是充满热情，切盼大家改过自新，齐步前进。

不喜欢讽刺文学的人还会说：讽刺既须夸张，把三分毛病说成十分，岂不就是暗示我们的社会制度不好么？我们处处有领导，怎能允许毛病十足的人在机关或团体里滥竽充数呢？我知道，在写讽刺作品的时候，今天的作家是抱着这样的态度的：拥护我们的社会制度，而反对与我们的社会制度不相容的人与事。因为讽刺必须尖锐，他们不能不从事夸大。这是应有的艺术手段。同时，他们不允许自己通过这夸大了的人物去讽刺我们的社会制度。在我们的社会里的确有落后的人，的确有作错了的事。不但今天，就是到了共产主义社会也还会有这样应该讽刺的人与事。作家夸大地讽刺了这样的人与事，目的是在鞭策，而不是否定我们的社会制度。到现在为止，作家们所发表过的各种讽刺作品，缺点不在他们讽刺得太过火，而在讽刺的不够深刻，不够大胆。这个缺点的由来，一方面是因为作家们观察得不够深刻，不够广泛，写作技巧也还欠熟练；另一方面也是因为社会上阻力很大，一篇作品出来就招到多少多少责难；于是，他们就望而生畏，不敢畅所欲言了。事实上，我们社会里的该讽刺的人与事的毛病要比作家们所揭发过的还更多更不好。

可是，有人又会说了：尽管如此，家丑也不必外扬啊。我以为不然。作家的责任是歌颂光明，揭露黑暗。只歌颂光明，不揭露黑暗，那黑暗就会渐次扩大，迟早要酿成大患。讽刺是及时施行手术，刮骨疗毒，治病救人。是，它的手段也许太厉害一些，可是良药苦口利于病，治病有时候需要下猛药。拥护我们的社会制度不等于隐瞒某些人某些事的丑恶与不合理。文艺追求并阐明真理，不该敷衍、粉饰。为了真理，我们歌颂先进的人物，鞭挞落后的人物。

原载1956年7月30日《文艺报》第14号。

耍猴（济南通信）

去年的“华北运动会”是在济南举行的。开会之前忙坏了石匠瓦匠们。至少也花了十万圆吧，在南围墙子外建了一座运动场。场子的本身算不上美观，可是地势却取得好极了。我不懂风水阴阳，只就审美上看是非常满意的。南边正对着千佛山的山凹，东南角对着开元寺上边的那座“玄秘”塔，东边列着一片小山。西边呢，齐鲁大学的方灯式的礼堂石楼，如果在晚半天看，好像是斜阳之光的暂停处。坐在高处往北看，济南全城只是夹着几点红色的一片深绿。

喜欢看人们运动，更喜欢看这片风景，所以借个机会，哪怕只是个初级小学开会练练徒手操呢，我总要就此走上一遭。

爱到这里来的并不止于我个人，学生是无须说了，就是张大娘，李二嫂，王三姑娘——三位女性，一律小脚——也总和我前后脚的扭上前来。于是，我设若听不到“内行”的评论，比如说哪项竞走是打破了某种纪录，哪个选手跳高的姿势如何道地，我可是能听到一些真正民意，因为张大娘等不仅是张着嘴看，而且要时常批评或讨论几句呢。

去年“华北”开会的第二天，大家正“敬”候着万米长跑下场，张大娘的一只小公鸡先下了场，原来张大娘赴会时顺便买了只鸡在怀中抱着，不知是为要鼓掌还是要剥落花生吃，而鸡飞矣。张大娘，于是，连同李二嫂，一齐与那鸡赛了个不止百码！童子军、巡警、宪兵也全加入捉鸡竞走，至少也有五分钟吧——不知是打破哪项纪录——鸡终被擒。张大娘抱鸡又坐好，对李二嫂发了议论：咱们要是也像那些女学生，裤子只护着腚，大脚片穿着滚钉板的鞋，还用费这么大事捉一只鸡？李二嫂看了旁边的小脚王三姑娘；王三姑娘猛然用手遮上了眼，低声而急切的说：她们，她们，真不害羞，当着这么多老爷儿们脱裤子！果然，有几位女运动员预备跳栏正脱去长裤。于是李二嫂与张大娘似乎后悔了，彼此点头会意；姑娘到底不该大脚片穿钉鞋，以免当着人脱肥裤。

今年九月二十四举行全省运动会，为是选拔参加“华北”的选手。我到了，张大娘李二嫂等自然也到了。而且她们这次是带着小孩子与老人。刚一坐下，老人与小孩便一齐质问张大娘：姑娘们在哪儿呢？看不见光腿的姑娘啊！张大娘似乎有些失信用，只好连说别忙别忙。扔花枪、扔锅饼、跳木棍、猴爬竿、推铁疙疸，老人小孩与张大娘都不感觉兴趣，只好老人吸烟，小孩吃栗子，张大娘默祷快来光腿的姑娘以恢复信用。看，来了！旁边一位红眼少年，大概不是布铺便是纸店的少掌柜，十二分恳挚的向张大娘报告。忽——大家全站起来了。看那个黑劲！那个腿！身上还挂着白字！咦！咦！蹦，还蹦打呢！大筒子又响了，瞎嚷什么！唉！唉！站好了，六个人一排，真齐啊！前面一溜小白木架呢！那是跳的，你当是，又跑又跳！真！快看、趴下了！快放枪了，那是！……忽——全坐下了。什么年头，老人发了脾气，耍猴儿的，男猴女猴！家走！可是小孩不走，张大娘也不肯走，好的还在后面呢，等会儿，还跑廿多圈呢！要看就看跑廿多圈的，跑一小骨节有啥看头；跑那么近，还叫人搀着呢，不要脸！廿多圈的始终没出来，张大娘既不知道还有秩序单其物，而廿多圈的恰好又列在次日。偶尔向场内看一眼，其余的工夫全消费在闲谈上。老人与另一老人联盟；有小孩决不送进学堂去，连跑带跳，一口血，得；况且是老大不小的千金女儿呢！张大娘一定叫小孩等着看跑廿多圈的，而小孩一定非再买栗子吃不可。李二嫂说王三姑娘没来，因为定了婆家。红眼青年邀着另一位红眼青年：走，上席棚那边看看去，姑娘都在那儿喝汽水什么的呢。巡警不许我们过去呀？等着，等着机会溜过去呀！……

原载 1932 年 10 月 29 日《华年》第 1 卷第 29 期。

祭子路岳母文

子不语，怪、力、乱、神。知乎此，则“与本刊性质不合之稿，概不刊登”的钉子可以免碰矣。猴面人身的小儿，竟产于黑衫之意大利，怪则怪矣，不敢以投《论语》。华北运动会之一千八百米接力，“力”且“接”，则再接再厉，理当回避。山东四川之内战，乱则乱矣，不敢高呼小子鸣鼓而攻之，况小子手内多无鼓乎。“来稿概无金钱上之报酬”，钱能通神者也；钱既决心不要，神乌得通，亦打倒宗教之一方也。此四者备，而来投稿，一言以蔽之，曰：思之邪！

那么，《论语》到底要什么样的稿子呢？问题似乎太大，不免然而大转一下：到底投稿者应抱什么态度呢？当今之世，向杂志投稿有二道焉：曰党同，曰伐异。党《论语》群贤之同，定遭几个“岂敢，岂敢！”反之，伐《论语》群贤之异，又难免“委实不知道！”打上前来。怎办？三思，四思，而至百思曰：有了，子路之岳母，其庶几乎。何则？是为序。

夫子路之岳母者，子路之妻母而孩子们之姥姥也。夫姥姥何为而反对子路办报也？不闻乎夫子乎：“由也，升堂矣，未入于室也。”子路而升堂，显系知县大老爷矣，知县而升堂，而未入于室，是因公废私，而欲试行生育制裁者矣。而再办报，入室之望微矣！齐家而后国治，子路独不知耶？岳母之用心其女中尧舜也欤；呜呼哀哉！而子路之友，于老太太归天之际，齐呼“山梁雌雉，时哉时哉！”且三嗅而作焉。焉作？作《论语》？是可忍孰不可忍！谨以猪头三牲，香蜡纸马，献于老太太之灵前，而哭之曰：

呜呼老太太，时哉，时哉！

苟非其时，焉得《论语》？

苟当其时，由也不得入宇（宇者室也）。

泰水其颓，失之子羽。

水气上蒸，泪下如雨！

呜呼哀哉，时哉时欤（欤读如与）！

编辑先生：小的胆大包天，要在圣人门前卖几句《三字经》，作了篇《祭子路岳母文》。如认为不合尊刊性质，祈将原稿退回，奉上邮票五分，专作此用。如蒙抬爱，刊登出来，亦祈将五分邮票不折不扣寄回，以免到法庭起诉。

敬祝论祺

小的　老舍敬启

原载1932年11月1日《论语》第4期。

济南专电（慢电代邮）

（一）历城有张三（译音）博士者，读《论语》泪下如雨；《论语》济南通信员几自杀！

（二）老九记冬季大减价，购货一元以上随赠《论语》一册。不确。

（三）西门大街汽车撞倒乡妇，公安局长以幽默法解决之，未处罚驶车者。闻局长系《论语》派，并主张《论语》公卖。

（四）某中学化学教员上课时禁读《论语》，被驱失业；拟代募生活维持费。是否可行，待覆！

（五）留德博士某，欲加入《论语》社，问：可否仍穿西服？

（六）南关王氏夫妇因争谈《论语》反目，决定离婚。法官拟咨请《论语》社诸贤来济，切实指导发笑法。

原载 1932 年 12 月 16 日《论语》第 7 期。

一天

闹钟应当，而且果然，在六点半响了。睁开半只眼，日光还没射到窗上；把对闹钟的信仰改为崇拜太阳，半只眼闭上了。

八点才起床。赶快梳洗，吃早饭，饭后好写点文章。

早饭吃过，吸着第一枝香烟，整理笔墨。来了封快信，好友王君路过济南，约在车站相见。放下笔墨，一手扣纽，一手戴帽，跑出去，门口没有一辆车；不要紧，紧跑几步，巷口总有车的。心里想着：和好友握手是何等的快乐；最好强迫他下车，在这儿住哪怕是一天呢，痛快的谈一谈。到了巷口，没一个车影，好像车夫都怕拉我似的。

又跑了半里多路才遇上了一辆，急忙坐上去，津浦站！车走得很快，决定误不了，又想象着好友的笑容与语声，和他怎样在月台上东张西望的盼我来。

怪不得巷口没车，原来都在这儿挤着呢，一眼望不到边，街上挤满了车，谁也不动。西边一家绸缎店失了火。心中马上就决定好，改走小路，不要在此死等，谁在这儿等着谁是傻瓜，马上告诉车夫绕道儿走，显出果断而聪明。

车进了小巷。这才想起在街上的好处：小巷里的车不但是挤住，而且无论如何再也退不出。马上又想好主意，给了车夫一毛钱，似猿猴一样的轻巧跳下去。挤过这一段，再抓上一辆车，还可以不误事，就是晚也晚不过十来分钟。

棉袄的底襟挂在小车子上，用力扯，袍子可以不要，见好友的机会不可错过！袍子扯下一大块，用力过猛，肘部正好碰着娘怀中的小儿。娘不加思索，冲口而成，凡是我不爱听的都清清楚楚的送到耳中，好像我带着无线广播的耳机似的。孩子哭得奇，嘴张得像个火山口；没有一滴眼泪，说好话是无用的；凡是在外国可以用“对不起”了之的事，在中国是要长期抵抗的。四围的人——五个巡警，一群老头，两个女学生，一个卖糖的，二十多小伙子，一只黄狗——把我围得水泄不通；没有说话的，专门能看哭骂，笑嘻嘻的看着我挨雷。幸亏卖糖的是圣人，向我递了个眼神，我也心急手快，抓了一大把糖塞在小孩的怀中；火山口立刻封闭，四围的人皆大失望。给了糖钱，我见缝就钻，杀出重围。

到了车站，遇见中国旅行社的招待员。老那么和气而且眼睛那么尖，其实我并不常到车站，可是他能记得我，“先生取行李吗？”

“接人！”这是多余说，已经十点了，老王还没有叫火车晚开一个钟头的势力。

越想头皮越疼，几乎想要自杀。

出了车站，好像把自杀的念头遗落在月台上了。也好吧，赶快归去写文章。

到了家，小猫上了房；初次上房，怎么也下不来了。老田是六十多了，上台阶都发晕，自然婉谢不敏，不敢上墙。就看我的本事了，当仁不让，上墙！敢情事情都并不简单，你看，上到半腰，腿不晓得怎的会打起转来。不是颤而是公然的哆嗦。老田的微笑好像是恶意的，但是我还不能不仗着他扶我一把儿。

往常我一叫“球”，小猫就过来用小鼻子闻我，一边闻一边咕噜。上了房的“球”和地上的大不相同了，我越叫“球”，“球”越往后退。我知道，我要是一直的向前赶，“球”就会退到房脊那面去，而我将要变成“球”。我的好话说多了，语气还是学着妇女的；“来，啊，小球，快来，好宝贝，快吃肝来……”无效！我急了，开始恫吓，没用。

磨烦了一点来钟，二姐来了，只叫了一声“球”，“球”并没理我，可是拿我的头作桥，一跳跳到了墙头，然后拿我的脊背当梯子，一直跳到二姐的怀中。

兄弟姐妹之间，二姐是我最好的朋友。她第一个好处便是不阻碍我的工作。每逢看见我写字，她连一声都不出；我只要一客气，陪她谈几句，她立刻就搭讪着走出去。

“二姐，和球玩会儿，我去写点字。”我极亲热的说。

“你先给我写几个字吧，你不忙啊？”二姐极亲热的说。

当然我是不忙，二姐向来不讨人嫌，偶尔求我写几个字，还能驳回?

二姐是求我写封信。这更容易了。刚由墙上爬下来，正好先试试笔，稳稳腕子。

二姐的信是给她婆母的外甥女的干姥姥的姑舅兄弟的侄女婿的。二姐与我先决定了半点多钟怎样称呼他。在讨论的进程中，二姐把她婆母的、婆母的外甥女的、干姥姥的、姑舅兄弟的性格与相互的关系略微说明了一下，刚说到干姥姥怎么在光绪二十八年掉了一个牙，老田说吃午饭得了。

吃过午饭，二姐说先去睡个小盹，醒后再告诉我怎样写那封信。

我是心中搁不下事的，打算把干姥姥放在一旁而去写文章，一定会把莎士比亚写成外甥女婿。好在二姐只是去打一个小盹。

二姐的小盹打到三点半才醒，她很亲热的道歉，昨夜多打了四圈小牌。不管怎着吧，先写信。二姐想起来了，她要是到东关李家去，一定会见着那位侄女婿的哥哥，就不要写信了。

二姐走了。我开始从新整理笔墨，并且告诉老田泡一壶好茶，以便把干姥姥们从心中给刺激走。

老田把茶拿来，说，外边调查户口，问我几月的生日。“正月初一！”我告诉老田。

凡是老田认为不可信的事。他必要和别人讨论一番。他告诉巡警：他对我的生日颇有点怀疑，他记得是三月；不论如何也不能是正月初一。巡警起了疑，登时觉得有破获共产党机关的可能，非当面盘问我不可。我自然没被他们盘问短，我说正月与三月不过是阴阳历的差别，并且告诉他们我是属狗的。巡警一听到戌狗亥猪，当然把共产党忘了；又耽误了我一刻多钟。

整四点。忘了，图画展览会今天是末一天！但是，为写文章，牺牲了图画吧。又拿起笔来。只要许我拿起笔来，就万事亨通，我不怕在多么忙乱之后，也能安心写作。

门铃响了，信，好几封。放着信不看，信会闹鬼。第一封：创办老人院的捐启。第二封：三舅问我买洋水仙不买？第三封：地址对。姓名不对，是否应当打开？想了半天，看了信皮半天，笔迹，邮印，全细看过，加以福尔摩斯的判断法；没结果，放在一旁。第四封：新书目录，从头至尾看了一遍，没有我要看的书。第五封：友人求找事，急待答复。赶紧写回信，信和病一样，越耽误越难办。信写好了，邮票不够了，只欠一分。叫老田，老田刚刚出去。自己跑一遭吧，反正邮局不远。

发了信，天黑了。饭前不应当写字，看看报吧。

晚饭后，吃了两个梨，为是有助于消化，好早些动手写文章。刚吃完梨，老牛同着新近结婚的夫人来了。

老牛的好处是天生来的没心没肺。他能不管你多么忙，也不管你的脸长到什么尺寸，他要是谈起来，便把时间观念完全忘掉。不过，今天是和新妇同来，我想他决不会坐那么大的工夫。

牛夫人的好处，恰巧和老牛一样，是天生来的没心没肺。

我在八点半的时候就看明白了：大概这二位是在我这里度蜜月。我的方法都使尽了：看我的稿纸，打个假造的哈欠，造谣言说要去看朋友，叫老田上钟弦，问他们什么时候安寝，顺手看看手表……老牛和牛夫人决定赛开了谁是更没心没肺。十点了，两位连半点要走的意思都没有。

“咱们到街上走走，好不好？我有点头疼。”我这么提议，心里计划着：陪他们走几步，回来还可以写个两千多字，夜静人稀更写得快：我是向来不悲观的。

随着他们走了一程，回来进门就打喷嚏，老田一定说我是着了凉，马上就去倒开水，叫我上床，好吃阿司匹灵。老田的命令是不能违抗的，我要是一定不去睡，他登时就会去请医生。也好吧，躺在床上想好了主意明天天一亮就起来写。“老田，把闹钟上到五点！”

老田又笑了，不好和老人闹气，不然的话，真想打他两个嘴巴。

身上果然有点发僵，算了吧，什么也不要想了，快睡！两眼闭死，可是不困，数一二三四，越数越有精神。大概有十一点了，老田已经停止了咳嗽。他睡了，我该起来了，反正是睡不着，何苦瞎耗光阴。被窝怪暖和的，忍一会儿再说，只忍五分钟，起来就写。肚里有点发热，阿司匹灵的功效，还倒舒服。似乎老牛又回来了，二姐，小球……

“起吧，八点了。”老田在窗外叫。

“没上闹钟吗？没告诉你上在五点上吗？”我在被窝里发怒。

“谁说没上呢，把我闹醒了；您大概是受了点寒，发烧，耳朵不大灵，嘛！”

生命似乎是不属于自己的，我叹了口气。稿子应该就发出了，还一个字没有呢！

“老田，报馆没来人催稿子吗？”

“来了，说请您不必忙了，报馆昨晚被巡警封了门。”

原载 1933 年 1 月 1 日《论语》第 8 期。

估衣（济南通信）

在中国，政府没主张便是四万万人没主意；指望着民意怎么怎么，上哪里去找民意？可有多少人民知道满洲在东南，还是在东北？和他们要主意，等于要求鸭子唱昆腔。

一致抵抗，经济绝交，都好；只要有人计划出，有清正的官吏们肯引着人民去作。反之，执政的只管作官，而把一切问题交给人民，便永远不能解决任何问题。

举个例说，抵制仇货似乎是我们唯一的反抗手段。谁去抵制？人民；人民才干那回事呢！人民所知道的是什么便宜买什么，不懂得什么仇不仇、货不货。通盘的看看人民的经济力量，通盘的计划我们怎样提倡国货，怎样保护国产工艺，然后才谈得到抵制。不然，瞎说一大回！

受过教育的人懂得看看商标（人家日本人现在是听中国商人的决定而后印商标牌号！），知道多花钱也不要仇货；可是受过教育的人有几个？学校里明白不用洋纸，试问哪个小印刷所能用国货而不赔钱？纸业政策，正如其他丝业、茶业、漆业……政策何在？希望印刷所老板们去决定政策，即使他们是通达的人，他们弄不上饭吃谁管？提倡国货提倡得起，而人民赔不起买不起，还不是瞎说？

在济南，抵制仇货是没有那一回事。这不算新奇。花样在这儿：不但不拒绝新货，而且拼命的买人家的破烂。试到估衣店去看看，卖的是什么？试立在城门左右看看乡下人挑或推出城外的是什么？日本估衣！凡是一家估衣店就有一大堆捆好的东洋旧衣裳、裤子、长衫、布片、腰带、汗衫……捆成一二尺厚的一束，论斤出售。在四马路单有二三十家专卖此项宝贝，不卖别的。乡民推车的推车，持扁担的持扁担，专来运买这种“估衣捆”。拿回家去，拆大改小，一束便能改造好几件衣服，比买新布——国产粗布虽只卖七八分洋钱一尺——要便宜上好几倍。

看乡民买办时的神气，就好像久旱逢甘雨那么喜欢；三两成群，摸摸这束，扯扯那捆，选择唯恐其不精，价钱唯恐其不入骨，选好之后，还要在铺外抽着竹管烟袋，精细的再讨论一番。休息够了，一挑跟一挑，一车跟着一车，全欣欣然有喜色，运出城去。

有位朋友曾劝过几位乡下同胞，不要买那个，他们一个字的回答：“贱！”后来他又吓他们，说那是由日本死人身上剥下来的，还是那一个字回答：“贱！”

一年由青岛等处来多少船这种估衣，我没有统计。我确知道在济南这是一大宗生意。我也知道抵制仇货若不另想高明主意，而专发些爱国链锁，只多是费几张纸而已。

原载1933年1月14日《华年》第2卷第2期。

昼寝的风潮

宰予昼寝。子曰：朽木不可雕也——言犹未了，只听得子路子贡……齐声呐喊：法西斯蒂！

夫子暗藏怒气，轻声问道：何谓也？

大家齐喊：法西斯蒂！

夫子微笑道：知之为知之，不知为不知，是知也！

大家第三次喊道：法西斯蒂！

夫子真动了气，冷笑了一声，翼翼如也，走了出去。心中乱想：没想到教了这么多年书，卖了这么大力气，临完来个法西斯蒂。越想越难过，只好去请教于老子。

见了老子细说始末，老子微微一笑，道：老二，该！我没告诉过你么，凡事要无为而治，谁叫你爱管闲事？法西斯蒂，活该！

难道学生睡觉，我还得给他盖上点被子么？夫子反抗。

谁那么说来着？不要管他好了，老子说。

他醒了呢？

醒了之后发给他毕业证书，好啦。

夫子虽然热心教育，不肯马马虎虎，可是到底觉得老子对人情世故是极有经验的，于是翼翼如也走回来。

到了学校，喝，贴满了标语：打倒法西斯蒂化的孔老二。夫子知道风潮是要扩大，决定采取老子的妙策。他偷偷的进了后门，到自己屋中填好几张毕业证书，然后笑嘻嘻的来找宰予子路们。找到了他们，他拍着宰予的肩头，说：朋友，请拿去这证书吧；晚半天也不要上课了，我请大家吃个便饭，如何？

诸贤脸上并无喜色，由子路代表发言：我们命令你明天给我们添招女生，这是一；第二，以后再不准有考试；第三，昼寝定为必修课程；末了，向宰予在书面上道歉。

夫子一一的答应了，登时向宰予作书面上的致歉。这样，一场风波算是没有扩大，后来宰予等就成了七十二贤，而夫子至死也没法西斯蒂化。

原载 1933 年 1 月 16 日《论语》第 9 期。

慢电代邮

（一）忙过旧新年，老舍停笔，择吉开张；只收节礼，恕不拜年。

（二）本地灶王按时上天，并食糖瓜无数。

（三）本年宪书将腊望提早三天，十五夜月未圆；公民一致热烈拥护宪书，谓错在月亮。

（四）新版年画有“招财进宝”；男洋装，女剪发，在门外跪迎财神；文明家庭多购之。

（五）红洋烛上市。均涂金字：“中华一统，民国万年”，足征爱国。

原载 1933 年 2 月 1 日《论语》第 10 期。

真正的学校日刊

老工友揍小工友一嘴巴，经厨房大师傅调解，未动刀，亦未至庶务课起诉。

庶务主任探知校长夫人的娘家有喜事，急于煤火费下匀出百元，送去；并携桔子一筐，赠校长的女公子。

甲国文教员与乙国文教员因争钟点，上课时对学生诋骂对方，趣味浓厚，学生只一人打盹。

校长与教务主任研究请教育当局吃饭，陪客应为何人。名单拟定后，略讨论学生考试不及格者应如何处治，无结果，但决定暂不提出教务会议。

六年级学生开救国会议，讨论反对会考办法，并拟妥罢课标语。

四年级学生决定驱逐历史教员，因已在校二年，学问虽好，但太好讲历史，故须换换，以新耳目。

三二年级因赛球起打，体育主任匆匆回家。

图书馆丢书五本。

地理教员因预支薪水与会计员大闹，言语尽非地理教科书上所有者。

国画教室新雇女模托儿，下午各班一律无人，图画暂假大礼堂上课。

原载 1933 年 3 月 25 日《申报·自由谈》。

天下太平

或问：中国可亡乎？予不答。其妻复以问；尊女性，乃答之。

中国古伟之邦也，以盘古为“起点”，居世界之中心。物则广有，鱼鳖虾蟹，酱醋油盐，葱蒜大烟，一应俱全。民亦秀哲，往往出圣人。当今之时，豪俊尤多，咸能率一旅之众。替天行道，杀人无数，民死而弗怨。及接夷狄，又均善怀柔，陈礼乐，重揖让，唾面容自干。既干，仰面趋进复请惠唾；敌皆感服，每不敢正式宣战，而时突鸣巨炮焉。夫天道恶争，我得其旨，行见夷狄之自亡，无劳抵抗。

四夷既亡，则中华有天下。俊杰辈出，精神文明普及五洲。洋路洋楼尽毁之，洋书洋画尽火之，洋人洋兽尽屠之，洋理洋教尽灭之；独存洋酒洋钱。而后市廛秽，田园荒，一任自然，文化极盛。民咸吸鸦片而舞太极拳，三妻四妾各通一经，七子八婿俱贤达而崇吕祖。言论自由，街巷议者不诛，仅责二百大板。于是时疫行焉，遍及全世，国医奏奇效，阎王深感之，曰：人类从此绝矣，赐判官及琉璃鬼假二年。

或人之妻闻之至喜，三呼“天道救国”而去。

原载 1933 年 4 月 1 日《论语》第 14 期。

慰劳

哟，二百块七毛五！哟，还有三打洋袜子，五筐子梨！亲自送去，当然亲自送去，不亲去慰劳还有什么出奇。

四位教员，十位学生，你拿着袜子，我拿着梨，欢天喜地到伤兵医院去，哎哟，这才算爱国出了奇！

哟，袜子不够；哼，一人才分半个梨！二百七毛五，一人分了四毛稍微挂着零！

但是礼轻情谊重，一个梨核也是份心，四毛多钱不算什么，有人倡导才能多得东西。

好吧，逐一的去慰问，礼物不多话值金子。

哟，你的伤那么重，怎么不吃点好东西？

喝，你的胳臂肿得那么高，医生怎不来给你洗？

医生待你好不好？

护士可曾来的勤？

哎呀，可怜的人们，饭食也不好，医生不上心，护士不殷勤，岂有此理，岂有此理！

打倒医生，打倒看护！

师生欢天喜地出了医院，哎呀，爱国爱得出了奇！

他们前脚走，医院马上乱营了！

厨子挨了打，医生挨了骂，两个护士打得满脸花。

五百多伤兵，两三位医士，四位看护还有一位病了的。昼夜的忙，连饭都没工夫吃。慰劳的先生未到以前，大家欢欢喜喜，医士高兴，虽然快累死；兵士感激，虽然照顾不周，人心总是肉长的，谁不知道大夫忙，谁不知护士已经几天没休息？

可是，慰劳的先生们欢天喜地的走出去，医院马上乱了营，饭特别的不好，医生护士至少该杀。

慰劳的先生们回到家，多吃了一碗干饭，作梦还梦见兵士们吃着半个梨，爱国爱得出了奇！

原载 1933 年 4 月 11 日天津《益世报·语林》。

路与车（济南通信）

济南是个大地方。城虽不大，可是城外的商埠地面不小；商埠自然是后辟的。城内的小巷与商埠上的大路正好作个对照。城里有些小巷小得真有意思，巷小再加以高低不平的石头道，坐在洋车上未免胆战心惊：车稍微一歪——而且是常常的歪——车上的人头便有撞到墙上的危险；危险当然应放在“有意思”之内。这些小巷并不热闹，无论多么小的巷里也有铺子，这似乎应作济南的特点之一。而且这些小铺子往往是没有后院，一间屋的进身，便是全铺面的宽窄，作买卖、睡觉、生儿养女，全在这里；因而厨房必须在街上。那就是说炉灶在当街，行人不留神一定会把脚踹入人家面盆或饭锅里去；这也当然是有意思的。灶一律拉风箱，小巷既窄，烟火又旺，空气自然无从鲜美。城里确是人烟太稠了。大明湖是越来越小了，或者便是人口过多，不得不填水成陆的证据。

在另一方面，城外的商埠是很宽展的。街市的分划也极规则，东西是经路，南北是纬路，非常的清楚。商埠的建筑有不少是洋式的，道路上也比较的清洁些。

大买卖虽在商埠，可是乡民到城市来买东西还多半是到城里去。城里的铺面虽小，买卖不见得不大，所以小巷里有时比商埠的大路上还更热闹一些。这大概是历史的关系：商埠究竟是后辟的，而乡下人是恋死地方的；今年在此买货，明年还到这里来；其实商埠上的东西——特别是那几个大字号铺的——并不见得一定价钱高。这又是城里的小巷所以有意思的原因，因为乡下人拿它们作探险地。

近两年来，济南的路政很有进步。商埠上的大路不时的翻修，而且多加上阴沟。阴沟上复以青石，作单轮小车的“专”路——这种小车还极重要，运煤米货物全是它；响声依然是吱吱格格，制造一依古法；设若在古时这响声是刺耳的，至今仍使人头痛。城里比较宽些的道路也修了不少处，可是还用青石铺成。至于那些小巷里，汽车既走不开，也就引不起翻修的热心，于是便苦了拉车与推车的。看着小车夫推着五六百斤的东西，在步步坑坎的路上走，使人赞羡中国人的忍耐性，同时觉得一个狗也不应当享这种待遇！这些小巷也无从展宽，假如叫小屋子们退让一些，那便根本没有了小屋子；前面说过，小屋子是没有后院的，门庭就是街道。不过真希望城里的小石路也修理得好好的——推车的到底是比坐汽车的多，多的多！路平而窄，到底比不平而又窄强些。能不能把城里的居民移一部分到商埠里边去？这是个问题，值得一研究。

更希望巡警不是专为汽车开路，而是负着指挥马车之责的。现在的办法是：每逢汽车的喇叭一响，巡警的棒子便对洋车小车指了去，无论他们怎样困难，也得给汽车让路。这每每使行人、自行车、洋车、小车全跌滚在一处。汽车永远不得耽误一秒钟，以大家跌滚在一处为代价！我们要记得，城里的通衢也不是很宽的。

自然话须两说着，汽车要是没有这点威风，谁还坐汽车呢？也对！

原载 1933 年 4 月 8 日《华年》第 2 卷第 14 期。

吃莲花的

少见则多怪，真叫人愁得慌！谁能都知都懂？就拿相对论说吧，到底怎样相对？是像哼哈二将那么相对，还是像情人要互吻时那么面面相对？我始终弄不清！况且，还要“论”呢。一向不晓得哼哈二将会作论；至于情人互吻而必须作论，难道情人也得“会考”？

这且不提。拿些小事说“眼生”就要恶意的发笑，“眼熟”的事儿是对的，至少也比“眼生”的文明些。中国人用湿毛巾擦脸，英美人用干的；中国人放伞头朝上，西洋鬼子放伞头朝下；于是据洋鬼子看，他们文明，我们是头朝下活着。少见多怪，“怪”完了还自是自高一下，愁人得慌！

这且不提。听说广东人吃狗。每逢有广东朋友来，我总把黄子藏到后院去。可是据我所知道的广东朋友们，还没有一位向我要求过：“来，拿黄子开开斋！”没有。可是，黄子还是在后院保险。

这且不提。虽然我不“大”懂相对论——不是一点也不懂，说不定它还就许是像哼哈二将那样的对立——可是我天性爱花草。盆花数十种，分对列于庭中，大概我不见得一定比爱因司坦低下着多少。不，或者我比他还高着些。他会相对——和他的夫人相对而坐，也许是——而且会论——和他的夫人论些家长里短什么的。我呢，会种花。我与他各有一出拿手戏，谁也不高，谁也不低。他要是不服气的话，他骂我，我也会骂他。相对论，我得承认他的优越；相对骂，不定谁行呢！这样，我与他本是“肩膀齐为弟兄”，他不用吹，我用不着谦卑。可是，我的盆花是成对摆列着的，兰对兰，菊对菊，盆盆相对，只欠着一个“论”；那么，我比他强点！

这且不提——就使我真比爱因司坦强，也是心里的劲，不便大吹大擂的宣传，我不是好吹的人；何必再提？今年我种了两盆白莲。盆是由北平搜寻来的，里外包着绿苔，至少有五六十岁。泥是由黄河拉来的。水用趵突泉的。只是藕差点事，吃剩下来的菜藕。好盆好泥好水敢情有妙用，菜藕也不好意思了，长吧，开花吧，不然太对不起人！居然，拔了梗，放了叶，而且开了花。一盆里七八朵，白的！只有两朵，瓣尖上有点红，我细细的用檀香粉给涂了涂，于是全白。作诗吧，除了作诗还有什么办法？专说“亭亭玉立”这四个字就被我用了七十五次，请想我作了多少首诗吧！

这且不提。好几天了，天天门口卖菜的带着几把儿白莲。最初，我心里很难过。好好的莲花和茄子冬瓜放在一块，真！继而一想，若有所悟。啊，济南名士多，不能自己“种”

莲，还不“买”些用古瓶清水养起来，放在书斋？是的，一定是这样。

这且不提。友人约游大明湖，“去买点莲花来！”他说。“何必去买，我的两盆还不可观？”我有点不痛快，心里说：“我自种的难道比不上湖里的？真！”况且，天这么热，游湖更受罪，不如在家里，煮点毛豆角，喝点莲花白，作两首诗，以自种白莲为题，岂不雅妙？友人看着那两盆花，点了点头。我心里不用提多么痛快了；友人也很雅哟！除了作新诗向来不肯用这“哟”，可是此刻非用不可了！我忙着吩咐家中煮毛豆角，看看能买到鲜核桃不。然后到书房去找我的诗稿。友人静立花前，欣赏着哟！

这且不提。及至我从书房回来一看，盆中的花全在友人手里握着呢，只剩下两朵快要开败的还在原地未动。我似乎忽然中了暑，天旋地转，说不出话。友人可是很高兴。他说：“这几朵也对付了，不必到湖中买去了。其实门口卖菜的也有，不过没有湖上的新鲜便宜。你这些不很嫩了，还能对付。”他一边说着，一边奔了厨房。“老田，”他叫着我的总管事兼厨子：“把这用好香油炸炸。外边的老瓣不要，炸里边那嫩的。”老田是我由北平请来的，和我一样不懂济南的典故，他以为香油炸莲瓣是什么偏方呢。“这治什么病，烫伤？”他问。友人笑了。“治烫伤？吃！美极了！没看见菜挑子上一把一把儿的卖吗？”

这且不提。还提什么呢，诗稿全烧了，所以不能附录在这里。

注：此文在1934年收入文集时，老舍曾删去1933年初刊于《论语》第23期中的最后一段。现附录于下：

太史公读老舍文至莲花被吃诗稿被焚之句，慨然有动于衷，乃效时行才子佳人补赞曰：哎，哟，啊！您亭亭玉立的莲花，——莲花——莲花啊！您的幻灭，使我心弦颤动而鼻涕长流呵！我想您——想您——您的亭亭玉立，不玉立无以为亭亭，不亭亭又何以玉立？我想到您的玉立之亭，尤想到您亭立之玉。奇怪啊，您——您的立居然如亭，您的亭又宛然如玉。我一想到此，我的心血来潮了，我的神经紧张了．我昏昏欲倒了。您的青春，您的美丽妖艳的青春，您亭亭玉立的青春，使我憧憬而昏醉了。您不朽的青春，将借我的秃笔而不朽了，虽然厨夫——狞恶的不了解您的厨夫——将您——您油炸了，但是您是不朽的啊！您是莲花，我是君子，我们的悲哀的命运正相同啊！您出于做男人之泥及做女人之水，水泥媾精而有了您，有了亭亭玉立之您，这是宇宙之神秘啊！我要死了。我看见您曼妙的花干与多姿的莲叶，被狞恶的厨夫遗弃丁地上，我禁不住流泪了。哎哟，莲啊莲！我不敢——不忍——吃您——吃您——的青春不朽的花瓣，我要将您的骨肉炼成石膏，塑成爱神之像，供在我的案上，吻着，吻着，永远的吻着您亭亭玉立……等到末日，我们一同埋葬了自己吧！莲啊莲！

原载1933年8月16日《论语》第23期。

买彩票

在我们那村里，抓会赌彩是自古有之。航空奖券，自然的，大受欢迎。头彩五十万，听听！二姐发起集股合作，首先拿出大洋二角。我自己先算了一卦，上吉，于是拿了四角。和二姐算计了好大半天，原来还短着九元四才够买一张的。我和她分头去宣传，五十万，五十万，五十个人分，每人还落一万，二角钱弄一万！举村若狂，连狗都听熟了“五十万”，凡是说“五十万”的，哪怕是生人，也立刻摇尾而不上前一口把腿咬住。闹了整一个星期；十元算是凑齐；我是最大的股员。三姥姥才拿了五分，和四姨五姨共同凑了一股；她们还立了一本账簿。

上哪里去买呢？还得算卦。二姐不信任我的诸葛金钱课，花了五大枚请王瞎子占了个马前神课……利东北。城里有四家代售处；利成记在城之东北；决议，到利成记去买。可是，利成是四家买卖中最小的一号，只卖卷烟煤油，万一把十元拐去，或是卖假券呢！又送了王瞎子五大枚，从新另占。西北也行，他说；不但是行，他细掐过手指，还比东北好呢！西北是恒祥记，大买卖，二姐出阁时的缎子红被还是那儿买的呢。

谁去买？又是个问题。按说我是头号股员，我应当跑一趟。可是我是属牛的，今年是鸡年，总得找属鸡的，还得是男性，女性丧气。只有李家小三是鸡年生的，平日那些属鸡的好像都变了，找不着一个。小三自己去太不放心啊，于是决定另派二员金命的男人妥为保护。挑了吉日，三位进城买票。

票买来了，谁拿着呢？我们村里的合作事业有个特点，谁也不信任谁。经过三天三夜的讨论，还是交给了三姥姥，年高虽不见得必有德，可是到底手脚不利落，不至私自逃跑。

直到开彩那天，大家谁也没睡好觉。以我自己说，得了头彩——还能不是我们得吗？！——就分两万，这两万怎么花？买处小房，好，房的地点，样式，怎么布置，想了半夜。不，不买房子，还是作买卖好，于是铺子的地点、形式、种类，怎么赚钱，赚了钱以后怎样发展，又是半夜。天上的星星，河边的水泡，都看着像洋钱。清晨的鸟鸣，夜半的虫声，都说着“五十万”。偶尔睡着，手按在胸上，梦见一堆现洋压在身上，连气也出不得！特意买了一付骨牌，为是随时打卦。打了坏卦，不算，另打；于是打的都是好卦，财是发准了。

开奖了。报上登出前五彩，没有我们背熟了的那一号。

房子，铺子……随着汗全走了。等六彩七彩吧，头五奖没有，难道还不中个小六彩？又算了一卦，上吉；六彩是五百，弄几块作件夏布大衫也不坏。于是一边等着六彩七彩的揭露，一边重读前五彩的号数，替得奖的人们想着怎么花用的方法，未免有些羡妒，所以想着想着便想到得奖人的乐极生悲，也许被钱烧死；自己没得也好；自然自己得奖也不见得就烧死。无论怎说，心中有点发堵。

六彩七彩也登出来了，还是没咱们的事，这才想起对尾子，连尾子都和我们开玩笑，我们的是个“三”，大奖的偏偏是个“二”。没办法！

二姐和我是发起人呀！三姥姥向我们俩要索她的五分。没法不赔她。赔了她，别人的二角也无意虚掷。二姐这两天生病，她就是有这个本事，心里一想就会生病；剩下我自己打发大家的二角。打发完了，二姐的病也好了，我呢，昨天夜里睡得很清甜。

原载 1933 年 9 月 1 日《论语》第 24 期。

写信

写信是近代文化病之一，类似痢疾，一会儿一阵，每日若干次。可是如得其道，或可稍减痛苦。兹条列有效办法如下：

（一）给要人写信宜挂号，或快邮，以引起注意；要人每日接信甚多也。

（二）托人办事的信，莫等回信（参看第四条），应即速发第二封。第二封宜比第一封更客气；这样，或足使对方觉得不好意思不回信。

（三）托人办事的信，信封信纸均宜讲究，字勿潦草。顶好随寄些礼物。答友人求事函，虽利用讣文之空隙亦可。

（四）接信切勿于五日内回答，以免又惹起麻烦。尤其是托办事的信，搁下不答，也许就马虎过去；焉知求事的人不于最短期间已从别方面有了办法哉。如又得函催办前事，仍宜不答，似与之绝交者；直至你托他时，再恢复邦交。

（五）接不相识之人来信，不答；如呼老师，可报以短函。

（六）托人转信，须托比收信人地位高的。

（七）回信不必贴足邮票，不贴尤妙。

（八）为减少检信官员的疑心，书信宜用文言，问候语越多越好。

（九）故意接受检查（如骂人的祖宗函），信封上宜写某某女士收或发。

（十）挂号信勿落于太太之手，内或有汇票也。

（十一）索欠函或账条宜原物退回。

（十二）无论填写何项表格，“永久通信处”宜空着。

（十三）平安家信印好一千张，按时填发。本条极不适用于情书。

（十四）情书须与绝命书同时写好，以免临时赶作。

原载1933年10月13日《申报·自由谈》。

打倒近视

人类大概是退化了。尧舜禹汤俱不戴眼镜，而我则近视之中带着散光，不戴眼镜则宇宙模糊，曲线之美失其美！巴黎女子有将真眉剃去，另画一双者，是天然之眉生得不尽合人意。我非女性，尚不敢剃眉再画，画眉问题即不细加研究。可是一提到眼镜，总不免悲观！原始之人，钻木取火，未闻错钻了手指，而现代近视之流，往往锁门连同鼻子锁上。人类大概是退化了。

近视实非微小问题。其有关于经济者，如正在没钱之时，耳插或鼻架忽然破碎。用麻绳系上则大杀风景，到公司去配则现钱交易难以履行，终日双手捧镜则别的都不能干，干脆不戴则天旋地转，如何是好？甚或引起自杀之念！

友人王君，觉得有结婚的必要，乃去自相自看。有女如花，一见成功。娶到家中，原来面上麻子甚多。因恼生恨，王君遂堕楼而死。他也是近视哟！

友人李君，事阔钱多，鼻托玳瑁镜架，标准美男子也。结婚之夕，摘了眼镜，两眼如死鱼，大而无当，离里离光，次日，夫人提起离婚。李君乃入山为僧。友人张君，错吻了小姨，亦近视之害也。

诸如此类，难以尽述。总而言之，近视理当打倒，而眼镜乃现代文明之咒诅。为今之计，宜将害目之工作，如读书、如写小楷、如刻字、如刺绣、如看电影，一律禁止。庶几乎人无近视，而天下太平矣。

原载1933年11月30日《申报·自由谈》。

科学救命

很想研究科学，这几天。要发明个机器。这个机器得小巧玲珑，至大也不过像个十支长城烟包，可以随身带着，而没有私携手枪的嫌疑。到应用的时候，只须用手一摸就得，不用转螺丝，通电流，或接天线地线等等。只要一根天地人才中的“人线”就够了。用手一摸，碰上人线，手指一热，热到脑部，于是立刻就能有个好笑话——机器的用处。

近来实在需要这么个机器。你看，有人请吃饭，能不去吗？去了，酒过三杯，临座笑得像个蜜桃似的——请来个笑话！往四下一观，座中至少有两位已经听过咱的那些傻姑爷与十七字诗。没办法！即使天才真有那么大，现成的笑话总比自造的好。可是现在的笑话似乎老是那几个，而且听笑话的老有熟人。刚一张嘴就被熟人接过去了——又是那个傻姑爷呀？这还怎往下说！幸而没人插嘴，而有这么一两位两眼死盯着咱，因为笑话听过的，所以专看咱怎么张嘴与眨巴眼，于是把那点说笑话应有的得意劲儿完全给赶走了；没这股得意劲儿趁早不用说笑话！有的时候，咱刚说了头两句，一位熟人善意的笑了——那是个好笑话，老丈人揍傻姑爷，哈哈哈！不用再往下说了。气先泄了，还怎么说！这顿饭吃到肚中，至少得到医院去一趟。

回到家，孩子们都钻了被窝，可是没睡，专等咱带来落花生与柿饼儿。十回有九回，忘了带这些零碎；好吧，说个笑话。刚一张嘴，小将军们一齐下令——“不听那个臭的！”香的打哪儿来呢？说哪个，哪个是臭的，一点不将就，为说笑话，大人小孩都觉得人生没有多少意义；而且小孩一定发脾气，能哭上一个多钟头，一边哭一边嚷——不听那个臭笑话，不听！

到了学校，学生代表来了——先生，我们今天开联欢会，您说个笑话？趁早不用驳回，反正秩序单早已定好了。好吧，由脑子里的最下层，大概离头发还有三四里地，找出个带锈的笑话来。收拾了收拾，打磨了打磨，预备去说。秩序单上的笑林项下还有别人呢。他在前面，当然他先说。他一张嘴，咱的慢性盲肠炎全不发炎了，浑身冰凉。刚打磨好的笑话被他给说了。而且他说得非常的圆到，比咱想起来的多着好多花样；这不仅使咱发慌，而且觉得惭愧！轮到咱了，张着嘴练习“立正”吧。有什么办法呢？脑子最下层的东西被人抢去，只好由脊椎骨上找点话吧；这自然不是容易的事，也不十分舒服？好歹的敷衍了几句，不像笑话，不像故事，不像演说，什么也不像；本来嘛，脊椎骨上的玩艺还能高明的了？咱的脸上笑着，别人的都哭丧着。说完了好大半天，大家想起鼓掌来，鼓得比呼吸的声音稍微大一些。

非发明个机器不可了！放在口袋里，用手一摸，脑中立刻一热，一亮，马上来个奇妙的笑话。不然，人生绝对幽默不了，而且要减寿十年。

打算先念中学物理教科书。

原载 1933 年 12 月 1 日《论语》第 30 期。

大发议论

过年是一种艺术。咱们的先人就懂得贴春联，点红灯，换灶王像，馒头上印红梅花点，都是为使一切艺术化。爆竹虽然是噪音，但“灯儿带炮”便给声音加上彩色，有如感觉派诗人所用的字眼儿。盖自有史以来，中国人本是最艺术的，其过年比任何民族都更复杂，热闹，美好，自是民族之光，亦理所当然。

以烹调而言，上自龙肝凤肺，下至姜蒜大葱，无所不吃，且都有奇妙的味道。拿板凳腿作冰激凌，只要是中国人做的，给欧西的化学家吃，他也得莫名其妙，而连声夸好；即使稍有缺点，亦不过使肚子微痛一阵而已。吃了老鼠而再吃猫，既不辨其为鼠为猫，且不在肚中表演猫捕鼠的游戏，是之谓巧夺天工。烹调的方法既巧夺天工，新年便没法儿不火炽，没法儿不是艺术的。一碗清汤，两片牛肉，而后来个硬凉苹果，如西洋红毛鬼子的办法，只足引起伤心，哪里还有心肠去快活。反之，酒有茵陈玫瑰和佛手露，佐以蜜饯果儿——红的是山楂糕，绿的是青梅，黄的是桔饼，紫的是金丝蜜枣，有如长虹吹落，碎在桌上，斑斑块块如灿艳群星，而到了口中都甜津津的，不亦乐乎！加以八碟八碗，或更倍之，各发异香，连冒出的气儿都婉转缓腻，不像馒头揭锅，热气立散；于是吃一看二，咽一块不能不点点头，喝一口不能不咂咂嘴；或汤与块齐尝，则顺流而下，不知所之，岂不快哉！脑与口与肚一体舒畅，宜乎行令猜拳，吃个七八小时也。这是艺术。做得艺术，吃得艺术，于是一肚子艺术，而后题诗壁上，剪烛梅前，入了象牙之塔，出了象牙之狗，美哉新年也！

这不过略提了提“吃”，已足使弱小民族垂涎三尺，而万国来朝。至若吃饱喝足，面色微紫，或看牌，或掷骰，或顶牛，勾心斗角，各运心思，赢了微笑，输急才骂“妈的”；至若穿新衣，逛花灯，看亲戚，接姑奶奶与小外甥……只好从略，只好从略，以免六国联军又打天津。因羡生妒，至蛮不讲理，往往有之。

到了现在，过年的艺术不但在质上，就是在量上，也正在迈进。以次数说，新年起码有两个，增多了一倍。活个七老八十，而能过一百好几十次新年，正是：

五风十雨皆为瑞，

一岁双年总是春。

人生七十古来稀；到而今，活五十岁而过一百次年，活不到七十也没多大关系了。这顺手儿就解决了人口过剩问题，因为活到四五十岁，已经过了一百来回年，在价值上总算过得去了；那么，五十多而仍不死，就满可以立下遗嘱，而后把自己活埋了。不过，这是附带的话；如不愿活埋呢，也无须一定这么办，活着也好。书归正传：

两个新年，先过国历新年，然后再过“家历”新年。二者之间隔着那么几十天，恰好藕断丝连，顾此而不失彼，是诗意的跌宕，是艺术的沉醉，是电影的广告！前前后后三个来月，甚至于可以把冬至的馄饨接上端阳的粽子，而后紧跟着去到青岛避暑。天哪，感谢你使我们生在中国！

可是，人心不同，也有不这样看的。记得去年在我们镇上，铺户都在“家历”新年关上了门。小徒弟们在铺内敲锣打鼓，掌柜们把脸喝得怪红。邻家二大妈一向失于修饰，也戴上了朵小红绢石榴花。私塾中的学童们把《三字经》等放在神龛后面，暂由财神奶奶妥为照管。洋学堂的秀才们也回来凑热闹，过了灯节还舍不得走。这本是为艺术而艺术，并没有什么说不过去的地方。哪知道，镇上有位爱国志士发了议论：爱国的人应当遵守国历；再说，国历是最科学的。

我也说了话。我既也是镇上的圣人之一，自然不能增他人的锐气而减自己的威风。你看，大家听了志士的议论，虽然过年如故，可是心中有点不自在。我们镇上的人向来不提倡仇货；也不赞成妇女放脚，因为缠足是更含有国货的意味。他们不甘于作不爱国的人，但是，他们没话反攻，而爱国志士就鼻孔朝天的得意起来。我不能不开口了！我说：过年是种艺术，谈不到科学；谁能在除夕吃地质学，喝王水，外加安末尼亚？再说，国历是科学的，连洋鬼子都知道，难道堂堂的天朝选民就不晓得？二月是二十八天，正合二十八宿，中西正是一理，不过，科学是日新月异的，将来一高兴，也许二月剩八天，巧合八卦图，而十二月来上五六十来天！再说，家历月月十五有圆月，而国历月月十五有圆太阳，阳胜于阴，理当乾纲大振，大家不怕老婆。可惜，圆月之外还有新月半月等等，而太阳没有出过太阳牙。

连邻家二大妈也听出我这一套是暗含讥讽，马上给我送过来一大盘年糕；虽然我看出糕的一角似被老鼠啃去，也还很感激她。她的话比年糕的价值还大。她说：八月十五云遮月，正月十五雪打灯。假如十五没月亮，这两句古语从何应验？还有，腊月三十要是出了圆月，咱们是过年好呢，还是拜月好呢？二大妈的话实在有理。于是设法传到爱国志士耳中，省得叫他目空一切。二大妈至少比他多吃过二三十年的年糕，这不是瞎说的。

他似乎也看出八月十五云遮月的重要，可是仍然不服气。他带着讽刺的味儿说：为什么不可以把吃喝玩乐都放在国历新年？莫非是天气不够冷的？

我先回答了他这末一句。对于此点我更有话说。过去的经验不定在什么时候就会大有用处；你看，我恰巧在南洋过过一次年。在那里，元旦依然是风扇与冰激凌的天气。大家赤着脚，穿着单衫，可是拚命的放爆竹，吃年糕，贴对子，买牡丹，祭财神。天气和六月里一样，而过年还是过年。这不是冷不冷的问题。冷也得过年，热也得过年，过年是种艺术，与寒暑表的升降无关。

至于为什么不把吃喝玩乐都放在国历新年，他是只知其一，不知其二。为表示爱国，为表示科学化，我们都应当遵守国历；国历国科国学国民等等本来自成一系统。严格的说，一个国民而不欢欢喜喜的过下儿国历新年，理当斩首，号令国门。可是有一层，人当爱国，也当爱家。齐家而后能治国；试看古今多少英雄豪杰，哪个不是先把钱搂到家中，使家族风光起来，而后再谈国事？因此，国历与家历应当两存着；到爱国的时候就爱国，到爱家的时候便爱家，这才称得起是圣之时者。你真要在家历新年之际，三过其门而不入，留神尊夫人罚你跪下顶灯三小时；大冷的天，不是玩的！这不是要哪个与不要哪个的问题，也不是哪个好与哪个坏的问题，而是应当下一番工夫去研究怎样过新新年，与怎样过旧新年。二者的历史不同，性质不同，时间不同，种种不同，所以过法也得不同。把旧玩术都搬到新节令上来，不但是显着驴唇不对马嘴，而且是自己剥夺了生命的享受。反之，顺着天时地利与人和，各有各的办法，各有各的味道，才能算作生活的艺术。

以国历新年说吧。过这个年得带洋味，因为它是洋钦天监给规定的。在这个新年，见面不应说“多多发财”，而须说“害怕扭一耳”。非这么办不可，你必须带出洋味，以便别于家历新年。该新则新，该旧则旧，这一向是我们的长处。你自己穿洋服去跳舞，而叫小脚夫人在家中啃窝窝头，理当如此。过年也是这样。那么，过国历新年，应在大街上高搭彩牌，以示普天同庆。大家到大饭店去喝香槟。然后，去跳舞一番，或凑几个同志打打微高尔夫。约女朋友看看电影，或去听听西洋音乐，吃些块奶油巧古力，也不失体统。若能凑几个人演一出三幕戏，偏请女客为自己来鼓掌，那更有意思。不必去给父亲拜年，你父亲自然会看到你在报纸上登的贺年小广告。可是见着父亲的时候别忘了说“害怕扭一耳”。你应当作一身新洋服。总之，你要在这个时节充分的表现出来，你是爱国，你懂得新事，你会跳舞，你会溜冰。这个年要过得似乎是洋鬼子，又不十分像；不像吧，又像。这也是一种艺术。若以酒类作喻，这是啤酒。虽然是酒，可又像汽水。拿准这个尺寸，这个新年正大有滋味。你要是不过它一下，你便永远摸不清个人与世界的关系。说到这儿，你顶好给美国总统写个贺年片，贴足邮票寄去。他要是不回拜的话，那是他的错儿，你居心无愧。

这么过了一个年，然后再等过那一个，艺术上的对照法。一个是浪漫的，摩登的，香槟与裸体美人的；一个是写实的，遗传的，家长里短的。你身过二年，胃收百味，是沟通东西文化的活水，是香槟与陈绍的产儿，是一切的一切！

应当再说怎过旧新年。不过，你早就知道。只须告诉你一句：无论是在哪个新年，总不应该还债。还有一句——只是一句了——在旧新年元旦出门，必先看好喜神是在哪一方；国历新年则不受此限制，你拿着顶出来也好。

爱国志士听了这一番高论，茅塞一顿一顿的都开了，托二大妈来约我去打几圈小麻雀，遂单刀赴会焉。

原载1934年2月16日《论语》第35期。

考而不死是为神

考试制度是一切制度里最好的，它能把人支使得不像人了，而把脑子严格的分成若干小块块。一块装历史，一块装化学，一块……

比如早半天考代数，下午考历史，在午饭的前后你得把脑子放在两个抽屉里，中间连一点缝子也没有才行。设若你把 X+Y 和一八二八弄到一处，或者找唐朝的指数，你的分数恐怕是要在二十上下。你要晓得，状元得来个一百分呀。得这么着：上午，你的一切得是代数，仿佛连你是黄帝的子孙，和姓字名谁，全根本不晓得。你就像刚由方程式里钻出来，全身的血脉都是 X 和 Y。赶到刚一交卷，你立刻成了历史，向来没听说过代数是什么。亚力山大，秦始皇等就是你的爱人，连他们的生日是某年某月某时都知道。代数与历史千万别联宗，也别默想二者的有无关系，你是赴考呀，赴考的期间你别自居为人，你是个会吐代数，吐历史的机器。

这样考下去，你把各样功课都吐个不大离，好了，你可以现原形了；睡上一天一夜，醒来一切茫然，代数历史化学诸般武艺通通忘掉，你这才想起“妹妹我爱你”。这是种蛇脱皮的工作，旧皮脱尽才能自由；不然，你这条蛇不会得到文凭，就是你爱妹妹，妹妹也不爱你，准的。

最难的是考作文。在化学与物理中间，忽然叫你“人生于世”。你的脑子本来已分成若干小块，分得四四方方，清清楚楚，忽然来了个没有准地方的东西，东扑扑个空，西扑扑个空，除了出汗没有合适的办法。你的心已冷两三天，忽然叫你拿出情绪作用，要痛快淋漓，慷慨激昂，假如题目是“爱国论”，或“天下兴亡匹夫有责”；你的心要是不跳吧，笔下便无血无泪；跳吧，下午还考物理呢。把定律们都跳出去，或是跳个乱七八糟，爱国是爱了，而定律一乱则没有人替你整理，怎办？幸而不是爱国论，是山中消夏记，心无须跳了。可是，得有诗意呀。仿佛考完代数你更文雅了似的！假如你能逃出这一关去，你便大有希望了，够分不够的，反正你死不了了。被“人生于世”憋死，不是什么稀罕的事。

说回来，考试制度还是最好的制度。被考死的自然无须再提。假若考而不死，你放胆活下去吧，这已明明告诉你，你是十世童男转身。

原载 1934 年 7 月 1 日《论语》第 44 期。

写字

假若我是个洋鬼子，我一定也得以为中国字有趣。换个样儿说，一个中国人而不会写笔好字，必定觉得不是味儿；所以我常不得劲儿。

写字算不算一种艺术，和作官算不算革命，我都弄不清楚。我只知道好字看着顺眼。顺眼当然不一定就是美，正如我老看自己的鼻子顺眼而不能自居姓艺名术字子美。可是顺眼也不算坏事，还没有人因为鼻子长得顺眼而去投河。再说，顺眼也颇不容易；无论你怎样自居为宝玉，你的鼻子没有我的这么顺眼，就干脆没办法；我的鼻子是天生带来的，不是在医院安上的。说到写字，写一笔漂亮字儿，不容易。工夫，天才，都得有点。这两样，我都有，可就是没人求我写字，真叫人起急！

看着别人写，个儿是个儿，笔力是笔力，真馋得慌。尤其堵得慌的是看着人家往张先生或李先生那里送纸，还得作揖，说好话，甚至于请吃饭。没人理我。我给人家作揖，人家还把纸藏起去。写好了扇子，白送给人家，人家道完谢，去另换扇面。气死人不偿命，简直的是！

只有一个办法：遇上丧事必送挽联，遇上喜事必送红对，自己写。敢不挂，玩命！人家也知道这个，哪敢不挂？可是挂在什么地方就大有分寸了。我老得到不见阳光，或厕所附近，找我写的东西去。行一回人情总得头疼两天。

顶伤心的是我并不是不用心写呀。哼，越使劲越糟！纸是好纸，墨是好墨，笔是好笔，工具满对得起人。写的时候，焚上香，开开窗户，还先读读碑帖。一笔不苟，横平竖直；挂起来看吧，一串倭瓜，没劲！不是这个大那个小，就是歪着一个。行列有时像歪脖树，有时像曲线美；整齐自然不是美的要素；要命是个个字像傻蛋，怎么耍俏怎么不行。纸算糟蹋远了去啦：要讲成绩的话，我就有一样好处，比别人糟蹋的纸多。

可是，"东风常向北，北风也有转南时"，我也出过两回锋头；一回是在英国一个乡村里。有位英国朋友死了，因为在中国住过几年，所以留下遗言，墓碣上要几个中国字。我去吊丧，死鬼的太太就这么跟我一提。我晓得运气来了，登时包办下来；马上回伦敦取笔墨砚，紧跟着跑回去，当众开彩。全村子的人横是差不多都来了吧，只有我会写；我还告诉他们：我不仅是会写，而且写得好。写完了，我就给他们掰开揉碎的一讲，这笔有什么讲究，那笔有什么讲究。他们的眼睛都睁得圆圆的，眼珠里满是惊叹号。我一直痛快了半个多月。后来，我那几个字真刻在石头上了，一点也不瞎吹。“光荣是中国的，艺术之神多着一位，天上落下白米饭，小鬼儿啊啊的哭；因为仓颉泄露了天机！”我还记得作了这样高伟的诗。

第二回是在中国，这就更不容易了。前年我到远处去讲演。那里没有一个我的熟人。讲演完了，大家以为我很有学问，我就棍打腿的声明自己的学问很大，他们提什么我总知道，不知道的假装一笑，作为不便于说，他们简直不晓得我吃几碗干饭了，我更不便于告诉他们。提到写字，我又那么一笑。喝，不大会儿，玉版宣来了一堆。我差点乐疯了。平常老是自己买纸，这回我可捞着了！我也相信这次必能写得好：平常总是拿着劲，放不开胆，所以写的不自然；这次我给他个信马由缰，随笔写来，必有佳作。中堂，屏条，对联，写多了，直写了半天！写的确是不坏，大家也都说好。就是在我辞别的时候，我看出点毛病来：好些人跟招待我的人嘀咕，我很听见了几句：“别叫这小子走！”“那怎好意思？”“叫他赔纸！”“算了吧，他从老远来的。”……招待员总算懂眼，知道我确是卖了力气写的，所以大家没一定叫我赔纸；到如今我还以为这一次我的成绩顶好，从量上质上说都下得去。无论怎么说，总算我过了瘾，

我知道自己的字不行，可有一层，谁的孩子谁不爱呢！是不是，二哥？

原载1934年12月16日《论语》第55期。

夏之一周间

我与学界的人们一同分润寒假暑假的“寒”与“暑”，“假”字与我老不发生关系似的。寒与暑并不因此而特别的留点情；可是，一想及拉车的，当巡警的，卖苦力气的，我还抱怨什么？而且假期到底是假期，晚起个三两分钟到底不会耽误了上堂；暂时不作铜铃的奴隶也总得算偌大的自由！况且没有粉笔面子的“双”薰——对不起，一对鼻孔总是一齐吸气，还没练成“单吸”的工夫，虽然作了不少年的教员。

整理已讲过的讲义，预备下学期的新教材，这把“念读写作，四者缺一不可”的工夫已作足。此外，还要写小说呢。教员兼写家，或写家兼教员，无论怎样排列吧，这是最时行的事。单干哪一行也不够养家的，况且我还养着一只小猫！幸而教员兼车夫，或写家兼屠户，还没大行开，这在像中国这么文明的国家里，还不该念佛？

闹钟的铃自一放学就停止了工作，可是没在六点后起来过，小说的人物总是在天亮左右便在脑中开了战事；设若不乘着打得正欢的时候把他们捉住，这一天，也许是两三天，不用打算顺当的调动他们，不管你吸多少枝香烟，他们总是在面前耍鬼脸，及至你一伸手，他们全跑得连个影儿也看不见。早起的鸟捉住虫儿，写小说的也如此。

这决不是说早起可以少出一点汗。在济南的初伏以前而打算不出汗，除非离开济南。早晨，晌午，晚间，夜里，毛孔永远川流不息：只要你一眨巴眼，或叫声“球”——那只小猫——得，遍体生津。早起决不为少出汗，而是为拿起笔来把汗吓回去。出汗的工作是人人怕的，连汗的本身也怕。一边写，一边流汗；越流汗越写得起劲；汗知道你是与它拼个你死我活，它便不流了。这个道理或者可以从《易经》里找出来，但是我还没有工夫去检查。

自六点至九点，也许写成五百字，也许写成三千字，假如没有客人来的话。五百字也好，三千字也好，早晨的工作算是结束了。值得一说的是：写五百字比写三千的时候要多吸至少七八枝香烟，吸烟能助文思不永远灵验，是不是还应当多给文曲星烧股高香？

九点以后，写信——写信！老得写信！希望邮差再大罢工一年！——浇浇院中的草花，和小猫在地上滚一回，然后读欧·亨利。这一闹哄就快十二点了。吃午饭；也许只是闻一闻；夏天闻闻菜饭便可以饱了的。饭后，睡大觉，这一觉非遇见非常的事件是不能醒的。打大雷，邻居小夫妇吵架，把水缸从墙头掷过来，……只是不希望地震，虽然它准是最有效的。醒了，该弄讲义了，多少不拘，天天总弄出一点来。六点，又吃饭。饭后，到齐大的花园去走半点钟，这是一天中挺直脊骨的特许期间，廿四点钟内挺两刻钟的脊骨好像有什么卫生神术在其中似的，不过，挺着胸膛走到底是壮观的；究竟挺直了没有自然是另一问题，未便深究。

挺背运动完毕，回家。屋子里比烤面包的炉子的热度高着多少？无从知道，因为没有寒暑表。屋内的蚊子还没都被烤死呢，我放心了。洗个澡，在院中坐一会儿，听着街上卖汽水，冰激凌的吆喝。心静自然凉，我永远不喝汽水，不吃冰激凌；香片茶是我一年到头的唯一饮料，多咱香片茶是由外洋贩来我便不喝了。九点钟前后就去睡，不管多热，我永远的躺下——有时还没有十分躺好——便能入梦。身体弱多睡觉，是我的格言。一气睡到天明，又该起来拿笔吓走汗了。

过去的一周就是这么过去的；没读过一张报纸，不作亡国的事的，与作亡国的事的，或者都不大爱读新闻纸；我是哪一等人呢？良心上分吧。

原载 1932 年 9 月 1 日《现代》第 1 卷第 5 期。

避暑

英美的小资产阶级，到夏天若不避暑，是件很丢人的事。于是，避暑差不多成为离家几天的意思，暑避了与否倒不在话下。城里的人到海边去，乡下人上城里来；城里若是热，乡下人干吗来？若是不热，城里的人为何不老老实实的在家里歇着？这就难说了。再看海边吧，各样杂耍，似赶集开庙一般，男女老幼，闹闹吵吵，比在家中还累得慌。原来暑本无须避，而面子不能不圆上；夏天总得走这么几日，要不然便受不了亲友的盘问。谁也知道，海边的小旅馆每每一间小屋睡大小五口；这只好尽在不言中。

手中更富裕的，讲究到外国来。这更少与避暑有关。巴黎夏天比伦敦热得多，而巴黎走走究竟体面不小。花几个钱，长些见识，受点热也还值得。可是咱们这儿所说的人们，在未走以前已经决定好自己的文化比别国高，而回来之后只为增高在亲友中的身份——“刚由巴黎回来；那群法国人！”

到中国做事的西人，自然更不能忘了这一套。在北戴河，有三家凑赁一所小房的，住上二天，大家的享受正如圈里的羊。自然也有很阔气的，真是去避暑；可是这样的人大概在哪里也不见得感到热，有钱呀。有钱能使鬼推磨，难道不能使鬼做冰激凌吗？这总而言之，都有点装着玩。外国人装蒜，中国人要是不学，便算不了摩登。于是自从皇上被免职以后，中国人也讲究避暑。北平的西山，青岛，和其他的地方，都和洋钱有同样的响声。还有特意到天津或上海玩玩的，也归在避暑项下；谁受罪谁知道。

暑，从哲学上讲，是不应当避的。人要把暑都避了，老天爷还要暑干吗？农人要都去避暑，粮食可还有的吃？再退一步讲，手里有钱，暑不可不避，因为它暑。这自然可以讲得通，不过为避暑而急得四脖子汗流，便大可以不必。到避暑期间而闹得人仰马翻，便根本不如在家里和谁打上一架。

所以我的避暑法便很简单——家里蹲。第一不去坐火车；为避暑而先坐二十四小时的特别热车，以便到目的地去治上吐下泻，我就不那么傻。第二不扶老携幼去张心：比如上山，带着四个小孩，说不定会有三个半滚了坡的。山上的空气确是清新，可是下得山来，孩子都成了瘸子，也与教育宗旨不甚相合。即使没有摔坏，反正还不吓一身汗？这身汗哪里出不了，单上山去出？第三不用搬家。你说，一家大小都去避暑，得带多少东西？即使出发的时候力求简单，到了地方可就明白过来，啊，没有给小二带乳瓶来！买去吧，哼，该买的东西多了！三叔的固元膏忘下了，此处没有卖的，而不贴则三叔就泻肚；得发快信托朋友给寄！及至东西都慢慢买全，也该回家了，往回运吧，有什么可说的！

一个人去自然简单些，可是你留神吧，你的暑气还没落下去，家里的电报到了——急速回家！赶回来吧，原来没事，只是尊夫人不放心你！本来吗，一个人在海岸上溜，尊夫人能放心吗？她又不是没看过美人鱼的照片。

大家去，独自去，都不好；最好是不去。一动不如一静，心静自然凉。况且一切应用的东西都在手底下：凉席，竹枕，蒲扇，烟卷，万应锭，小二的乳瓶……要什么伸手即得，这就是个乐子。渴了有绿豆汤，饿了有烧饼，闷了念书或作两句诗。早早的起来，晚晚的睡，到了晌午再补上一大觉；光脚没人管，赤背也不违警章，喝几口随便，喝两盅也行。有风便荫凉下坐着，没风则勤扇着，暑也可以避了。

这种避暑有两点不舒服：（一）没把钱花了；（二）怕人问你。都有办法：买点暑药送苦人，或是赈灾，即使不是有心积德，到底钱是不必非花在青岛不可的。至于怕有人问，你可以不见客，等秋来的时候，他们问你，很可以这样说：“老没见，上莫干山住了三个多月。”如能把孩子们嘱咐好了，或者不至漏了底。

原载1934年8月1日《论语》第46期。

暑中杂谈二则

一 檐 滴

冰雹，狂风，炮火，自然是可怕的。不过，有些东西原不足畏，却也会欺侮人，比如檐滴。大雨的时候，檐溜急流，我们自会躲在屋内，不受它们的浇灌。赶到雨已停止，特别是天上出了虹彩的时候，总要到院中看看。你出去吧，刚把脚放在阶上，不偏不斜，一个檐滴准敲在你的头顶上。正在发旋那块，因为那儿露着的头皮多一些。贾波林在影戏里才用酒瓶打人那块，檐滴也会这一招，而且不必是在影戏里。设若你把脖伸长了些，檐滴就更得手：你要是瘦子，它准落在脖子正中那个骨头上，溅起无数的水星；你要是胖子，它必会滴在那个肉褶上，而后往左右流，成一道小河，擦都费事。这自然不疼不痒，可是叫人别扭。它欺侮人。你以为雨已过去好久，可以平安无事了，哼，偏有那么一滴等着你呢！晚出来一步，或早出来一步，都可以没事；它使你相信了命运，活该挨这一下敲，挨完了敲，还是没地方诉冤。你不能骂房檐一顿；也不能打那滴水，它是在你的脖子上。你没办法。

二 留声机

北方一年只有几天连阴，好像个节令似的过着。院中或院外有了不易得的积水，小孩，甚至于大人，都要去蹚一蹚；摔在泥塘里也是有的。门外卖果子的特别的要大价，街上的洋车很少而奇贵，连医院里也冷冷清清的，下大雨病也得休息。家里须过阴天，什么老太太斗个纸牌，什么大姑娘用凤仙花泥染染指甲，什么小胖小子要煮些毛豆角儿。这都很有趣。可也有时候不尽这样和平，“阴天打孩子，闲着也是闲着”，就是雨战的一种。讲到摩登的事儿，留声机是阴天的骄子，既是没事可作，《小放牛》唱一百遍也不算多；唱片又不是蘑菇，下阵雨就往外长新的，只好翻过来掉过去的唱那所有的几片。这是种享受，也是种惩罚——《小放牛》唱到一百遍也能使人想起上吊，不是吗？

二姐借来个留声机，只有五张戏片。头一天还怪好，一家大小都哼唧着，很有个礼乐之邦的情调。第二天就有咧嘴的了，“换个样儿行不行？”可是也还没有打起来，要不怎说音乐足以陶养性情呢。第三天——雨更大了——时局可不妙，有起誓的了。但留声机依旧的转着，有的人想把歌儿背过来，一张连唱二三十次，并且是把耳朵放在机旁，唯恐走了一点音。起誓的和学歌的就不能不打起来了。据近邻王老太太看呢，打起来也比再唱强，到底是换换样儿呀。

一起打，差点把留声机碰掉下来，虽然没碰掉，也不怎么把那个“节音机”给碰动了，针儿碰到“慢”那边去。我也不晓得这个小针叫什么，反正就是那个使唱片加快或减速度的玩艺，大概你比我明白。我家里对于摩登事儿太落伍。我还算是晓得这个针儿——不管它姓什么吧——的作用。二姐连这个都不知道。第四天，雨大邪了，一阵一个海，干什么去呢？还得唱。机器转开了，声音像憋住气的牛，不唱，慢慢的啊啊；片子不转，晃悠。上了一片，啊啊了有半点多钟，大家都落了泪。二姐不叫再唱了：“别唱了，等晴天再说吧。阴天返潮，连话匣子都皮了①！”于是留声机暂行休息。

我没那个工夫告诉他们拨拨那个针，不愿意再打架。

原载 1934 年 9 月 1 日《论语》第 48 期。

①皮了，指物体受潮变软。

歇夏（也可以叫作“放青”）

马国亮先生在这个月里（六月）给我两封信。“文人相重”，我必须说他的信实在写的好：文好，字好，信纸也好，可是，这是附带的话；正文是这么回事：第一封信，他问我的小说写得怎样了？说起来话长，我在去年春天就向赵家璧先生透了个口话，说我要写一部长篇小说，内中的主角儿是两位镖客，行侠作义，替天行道，十八般武艺件件精通，可是到末了都死在手枪之下。我的意思是说时代变了，单刀赴会，杀人放火，手持板斧把梁山上，都已不时兴；二大刀必须让给手枪，而飞机轰炸城池，炮舰封锁海口，才够得上摩登味儿。这篇小说，假如能写成了的话，一方面是说武侠与大刀早该一齐埋在坟里，另一方面是说代替武侠与大刀的诸般玩艺不过是加大的杀人放火，所谓鸟枪换炮者是也，只显出人类的愚蠢。

春天过去，接着就是夏天，我到上海走了一遭，见着了赵先生。他很愿意把这本东西放在《良友丛书》里。由上海回来，我就开始写，在去年寒假中，写成了五六千字。这五六千字中没有几个体面的，开学以后没工夫续着写，就把它放在一边。大概是今年春天吧，我在一本刊物上看到一个短篇小说，所写的事儿与我想到的很相近。大家往往思想到同样的事，这本不出奇，可是我不愿再写了。一来是那写成的几千字根本不好，二来是别人写过的，虽然还可以再写，可是究竟差着点劲儿，三来是我想在夏天休息休息。

马先生所问的小说，便是指此而言。我写去回信，说今夏休息，打退堂鼓。过了几天，他的第二封信来到，还是文好，字好，信纸也好；还是“文人相重”。这封信里，他允许，并且夸奖我应当休息，可是在休息之前必须给良友写一个短篇。

短篇？也不能写！说起来话就又长了。在春间我还答应下给别的朋友写些故事呢——这都得在暑假里写，因为平日找不到“整”工夫。既然决定休息，那么不写就都不写，不能有偏向。况且我不愿，也不应当，向自己失信，怎么说呢，这才到了我的正题。请往下看：

我最爱写作，一半是为挣钱，一半因为有瘾。我乃性急之人，办事与洗澡具同一风格，西里哗拉一大回，永不慢腾腾的，对于作文，也讲快当；但作文到底不是洗澡，虽然回回满头大汗，可是不见得能回回写得痛快淋漓。只有在这种时候，就是写完一篇或一段而觉得不满意的时候，我才有耐心，修改，或甚至从头另写。此耐心是出于有瘾。

大概有八年了吧，暑假没休息过，一年之中，只有暑假是写东西的好时候，可以一气写下十几万字。暑天自然是很热了，我不怕；天热，我的心更热，老天爷也得被我战败，因为我有瘾呀。

自幼儿我的身体就很弱，这个瘾自然不会使身体强壮起来。胃病，肺病，头疼，肚疼，什么病都闹过。单就肺病来说，我曾患到第七八期。过犹不及，没吃药，没休息它自己好了。胃病也很厉害，据一位不要我的诊金的医生说，我的胃已掉下一大块去。我慌了！要是老这么往下坠，说不定有朝一日胃会由腹中掉出去的，非吃药不可了。而药也真灵，喝了一瓶，胃居然又回到原来的位置，像气球往上升似的，我觉得。

虽然闹过这些病，我可是没死过一回。这个，又不能不说是"写瘾"的好处了。写作使我胃弱，心跳，头疼；同时也使我小心。该睡就去睡，该运动就去运动；吃喝起卧差不多都有规律。于是虽病而不至于死；就是不幸而死，也是卫生的。真的，为满足这个瘾，我一点也不敢大意，决不敢去瞎胡闹，虽然不是不想去瞎胡闹。因此，身体虽弱，可是心中有个老底儿——我的八字儿好，不至于短命。我维持住了生活的平衡：弱而不至作不了事，病而不至出大危险，如薄云掩月，不明亦不极暗。就是在这种境界中，八年来在作事之外还写了不少的东西！好也罢，歹也罢，总算过了瘾。

近来我吃饭很香，走路很有劲，睡得也很实在；可是有一样，我写不上劲儿来。莫非八期肺病又回来了？不能吧：吃得香，睡得好，说话有力，怎能是肺病呢！？大概是疲乏了；就是头驴吧，八年不歇着，不是也得出毛病吗？好吧，今年愣歇它一回，何必一定跟自己叫劲儿呢。长篇短篇一概不写，如骆驼到口外“放青”，等秋后膘肥肉满再干活儿。况且呢，今年是住在青岛，不休息一番也对不起那青山绿水。就此马上休息去者！

马先生和我要短篇，不能写，这回不能再向自己失信。说休息就去休息。

把这点经过随便的写在这里，马先生要是肯闭闭眼，把这个硬算作一篇小说，那便真感激不尽了，就手儿也对读者们说一声，假若几个月里见不到我的文字，那并非就是我已经死去，我是在养神呀。

代柬：

老舍先生：你的稿子不能当小说，虽然我闭了几次眼。可确是一篇很切题的消夏随笔，所以正好在这里发表。你说的长篇是赵先生向你要的，我要的却不是那个。那天晚上我陪你在新亚等朋友，我曾向你给“良友”定货——短篇小说。那时天气实在很热，大概你后来就把我那定单化汗飞了，所以现在忘得干干净净。现在你既然歇夏，只好暂时饶你过个舒服的夏天，好在你并非已经死去，到了秋凉，你可不能再抵赖，得把这张空头支票快快兑现。

编者

原载 1935 年 7 月 15 日《良友（画报）》第 107 期。

暑避

有福之人，散处四方，夏日炎热，聚于青岛，是谓避暑。无福之人，蛰居一隅，寒暑不侵，死不动窝；幸在青岛，暑气欠猛，随着享福，是谓暑避。前者是师出有名，堂堂正正，好不威风；后者是歪打正着，马马虎虎，穷混而已。可是，有福之人到底命大，无福之人泄气到底：有福者避暑，而暑避矣；无福者暑避，而罪来矣。就拿在下而言，作事于青岛，暑气天然不来，是小暑避者流也。可是，海岸走走，遇上二三老友，多年不见，理当请吃小馆。避暑者得吃得喝，暑避者几乎破产；面子事儿，朋友的交情，死而不怨，毛病在天。吃小馆而外，更当伴游湛山崂山等处，汽车呜呜，洋钱铮铮，口袋无底，望洋兴叹。逝者如斯夫，洋钱一去不复返。炮台已看过十八次，明天又是"早八点见，看看德国的炮台，没错儿！"为德国吹牛，仿佛是精神胜利。

海岸不敢再去，闭门家中坐，连苍蝇也进不来，岂但避暑，兼作蛰宿。哼，快信来矣，“祈到站……”继以电报，“代定旅舍……”于是拿起腿来，而车站，而码头，而旅馆，而中国旅行社……昼夜奔忙，慷慨激昂，暑避者大汗满头，或者是五行多水。

这还是好的，更有三更半夜，敲门如雷；起来一看，大小三军，来了一旅，俱是知己哥儿们，携老扶幼，怀抱的娃娃足够一桌，行李五十余件。于是天翻地覆，楼梯底下支架木床，书架上横睡娃娃，凉台上搭帐棚，一直闹到天亮，大家都夸青岛真凉快。

再加上四届“铁展”，乃更伤心。不去吧，似嫌怯懦；去吧，还能不带着皮夹？牙关咬定，仁者有勇，直奔“铁展”，售品所处有“吸钞石”，票子自己会飞。饱载而归，到家细看，一样儿必需的没有，开始悲观。

由此看来，暑避之流顶好投海，好在还方便。

原载 1935 年 7 月 28 日《青岛民报·避暑录话》第 3 期。

等暑

青岛并非不暑，而是暑得比别处迟些。这么一句平常话，也需要一年的经验才敢说。秋天很暖——我是去年秋天来的——正因为夏未全去；以此类推，方能明白此地春之所以迟迟，六七月间之所以不热，哼，和八月间之所以大热起来。仿佛别人早已这样告诉过我："仿佛"就有点记不真切的意思，"不相信"是其原因。青岛还会热？问号打得很清楚。赶到今年八月，才理会过来，可是马上归功于自己的经验，别人说过与否终于打入"仿佛"之下。以此为证，人鲜有不好吹者！

来避暑的人总是六七月来而八月走去，这时间的选取实在就够避暑的资格；于此，我更愿发财，有钱的人不必用整年的工夫去发现七月凉八月热，他们总是聪明的。高粱一熟，螃蟹下市，别处的蝉声已带哀意；仍然住在青岛，似乎专为等着"秋老虎"，其愚或可及，其穷定不可及。有钱的能征服自然，没钱的蛤蟆垫桌腿而已。

可是等暑之流也有得意之处：八月中若来个远地朋友，箱中带着毛衣，手不持扇，刚一下车便满身是汗，抢过我的扇子，连呼“这里也这么热！”我乃似笑非笑，徐道经验，有如圣人，乐得心中发痒。

若是这位可怜的朋友叨唠上没完，不怨自己缺乏经验，而充分的看不起青岛，我可必得为青岛辩护，把六七月间的光景如诗一般的述说，仿佛青岛是我家里的。心理的变化与矛盾有如是者，此我之所以每每看不起自己者也。

原载 1935 年 8 月 26 日《青岛民报·避暑录话》第 7 期。

我的暑假

暑假是我最忙的时候。有十年了吧，我没有歇过夏。平均的算来，过去的十年中，每年写出一本十万字上下的小说，都是在暑假里写的。即使不能写完，大部分总是在暑假中写成的。

这样，我总得感谢我的职业。设若我不当教书匠，而是，比如说，当邮差或银行的行员，我一定得不到这么长的暑假，也就找不出时间来写小说。同时，我对于教书又感到痛苦：既教书，就得卖力气，不管自己的学识如何，总求无愧于心。这么着，平日的时间便完全花费在上课与预备功课上，非到暑假不能拿笔写自己的东西。暑假本该休息，我反忙起来，于是生活成了老驴拉磨式的，一年到头的老转圈儿。我的身体自幼儿就不强壮，这样拉磨更不会有健壮起来的希望。我真盼望能爽快的休息一个暑假，假如还得教书的话；或者完全不教书而去专心写作。不过呢，经济的压迫使我不敢放弃教书；同时，趣味所在又使我不忍完全放弃写作。啊！恐怕一二年内，我还得拉磨吧，往好里说，这叫作努力；实际说来，这是“玩命”！

暑假快到，我又预备拿笔了，努力还是玩命？谁管它，活一天干一天的活吧。

原载 1936 年 6 月《青年报界》第 10 卷第 1 号。

新年的梦想

梦想的中国

我对中国将来的希望不大，在梦里也不常见着玫瑰色的国家。即使偶得一梦，甚是吉祥，又没有信梦的迷信。至于白天做梦，幻想天国降临，既不治自己的肚子饿，更无益于同胞李四或张三。拟个五年或十年计划，是谓有条有理，与中国逻辑根本不合，定会招爱国与卖国志士笑掉门牙。生为胡涂虫，死为胡涂鬼，胡涂的有福了，因为天国是他们的，大有希望，且勿着急。天增岁月人增寿，春满乾坤福满门。天长地久，胡涂的是永生的，这是咱们。得了满洲，再灭了中国，春满乾坤，这是日本。揖让进退是古训，无抵抗主义是新名词，中华民国万岁！

梦想的个人生活

谈到我个人，更无所谓。知识是我的老天爷，艺术是我的老天娘娘，虽然不一定把自己砌在象牙之塔内。这不过是你逼着我，我才说；你若不爱听，我给你换梅博士的《武家坡》。生命何必是快乐的，只求其有趣而已；希望家中的小白女猫生两个小小白猫，有趣，有趣！其余的，似乎没有什么可说的，完了。

原载1933年1月《东方杂志》30卷第1号。

新年醉话

大新年的，要不喝醉一回，还算得了英雄好汉么？喝醉而去闷睡半日，简直是白糟蹋了那点酒。喝醉必须说醉话，其重要至少等于新年必须喝醉。

醉话比诗话词话官话的价值都大，特别是在新年。比如你恨某人，久想骂他猴崽子一顿。可是平日的生活，以清醒温和为贵，怎好大睁白眼的骂阵一番？到了新年，有必须喝醉的机会，不乘此时节把一年的“储蓄骂”都倾泻净尽，等待何时？于是乎骂矣。一骂，心中自然痛快，且觉得颇有英雄气概。因此，来年的事业也许更顺当，更风光；在元旦或大年初二已自诩为英雄，一岁之计在于春也。反之，酒只两盅，菜过五味，欲哭无泪，欲笑无由。只好哼哼唧唧噜哩噜苏，如老母鸡然，则癞狗见了也多咬你两声，岂能成为民族的英雄？

再说，处此文明世界，女扮男装。许多许多男子大汉在家中乾纲不振。欲恢复男权，以求平等，此其时矣。你得喝醉哟，不然哪里敢！既醉，则挑鼻子弄眼，不必提名道姓，而以散文诗冷嘲，继以热骂：头发烫得像鸡窝，能孵小鸡么？曲线美，直线美又几个钱一斤？老子的钱是容易挣得？哼！诸如此类，无须管层次清楚与否，但求气势畅利。每当少为停顿，则加一哼，哼出两道白气，这么一来，家中女性，必都惶恐。如不惶恐，则拉过一个——以老婆为最合适——打上几拳。即使因此而罚跪床前，但床前终少见证，而醉骂则广播四邻，其声势极不相同，威风到底是男子汉的。闹过之后，如有必要，得请她看电影；虽发似鸡窝如故，且未孵出小鸡，究竟得显出不平凡的亲密。即使完全失败，跪在床前也不见原谅，到底酒力热及四肢，不至着凉害病，多跪一会儿正自无损。这自然是附带的利益，不在话下。无论怎说，你总得给女性们一手儿瞧瞧，纵不能一战成功，也给了她们个有力的暗示——你并不是泥人哟。久而久之，只要你努力，至少也使她们明白过来：你有时候也会闹脾气，而跪在床前殊非完全投降的意思。

至若年底搪债，醉话尤为必需。讨债的来了，见面你先喷他一口酒气，他的威风马上得低降好多，然后，他说东，你说西，他说欠债还钱，你唱《四郎探母》。虽曰无赖，但过了酒劲，日后见面，大有话说。此“尖头曼”之所以为“尖头曼”也。

醉话之功，不止于此，要在善于运用。秘诀在这里：酒喝到八成，心中还记得“莫谈国事”，把不该说的留下；可以说的，如骂友人与恫吓女性，则以酒力充分活动想像力，务使自己成为浪漫的英雄。骂到伤心之处，宜紧紧摇头，使眼泪横流，自增杀气。

当是时也，切莫题词寄信，以免留叛逆的痕迹。必欲艺术的发泄酒性，可以在窗纸上或院壁上作画。画完题“醉墨”二字，豪放之情乃万古不朽。

《矛盾月刊》新年特大号向我要文章。写小说吧，没工夫；作诗，又不大会。就寄了这么几句，虽然没有半点艺术价值，可是在实际上不无用处。如有仁人君子照方儿吃一剂，而且有效，那我要变成多么有光荣的我哟！

一九三四年节——作者

原载1934年1月《矛盾》第2卷第5期。

特大的新年

一到新年，家家刊物必要特大起来。除夕的团圆饭不是以把肚皮撑至瓮形为原则么？刊物特大，那么，也是理之当然。可是，来了个问题：比如您的肚皮在除夕忽然特大，元旦清晨必须到庄前庄后游散一番，以便蹓饭，而免停食着凉。您还顾得读特大的刊物？元旦因散步的结果，肚皮有紧缩之势，可是初二祭财神，您还能讲君子食无求饱？绝对不能。为人情，为家庭，为社会国家，您还非再足吃一顿不可。于是肚皮再涨，或且较前为甚。吃饱了发困，连打牌也许牺牲了，还能读特大的刊物？又曰不能。紧接着就是拜年，逛庙，接姑奶奶，看花灯，吃汤圆，按着旧规矩说，非到开印大吉那天不能得闲。现今虽不封印开印，可是也不能把“大吉”推出斩首。今虽庆祝国历新年，但把旧俗拉扯过来，决无恶意。那么，特大刊物在什么时候去读？设若刊物特大是为艺术而艺术，不管有人读与否，反正得心到神知，以便与瓮形肚皮比比曲线美，那就有点大而无当。谁能买个头号的留声机，放在屋里，永远不动，专为威镇客厅？

总得想个办法才是。

办法并不难想，把新年也特大起来就是了。自天子以至庶人全歇上三个月，一个半月过年，一个半月读特大的刊物。于是肚与脑得平均发展，既不至得大肚子痞积，又不能患脑病，何乐而不为？

怎见得？有诗为证：

> 肚子撑圆是繁荣的象征，
> 扩大了新年便是丰富了生命。
> 吃、喝、玩、乐，还看看刊物的插图。
> 是天下太平，是文化提高的铁证。
> 人岂是为面包而生，
> 大酒大肉方是英雄的本性。
> 快活吧，有了特大的新年，
> 请将脑子像肚子那样活动。
> 过了两月，你会肥美如猪，
> 自备的火腿往嘴里送。
> 快活吧，这是地上的天堂，
> 雨顺风调，普天同庆，
> 民安国泰，百福并臻，
> 快活吧，管他肚子痛不痛！

原载 1934 年 1 月 1 日《论语》第 32 期。

新年的二重性格

一想到新年，不知怎么心里就要喜欢一下，同时又有点胆战心惊：好像是一则以喜，一则以忧的味儿。喜的什么呢？很难说；大概是一种遗传病，到了新年总得喜欢。忧，这个很简单，怕讨债的。这是新年的二重性格。

想个什么法儿，能把这二重性格改成一重呢？我不算不聪明，我曾把极不一致的道理设法调和起来，如把一元论和二元论改为“一元半论”，可是我想不出法儿使新年只有喜，而无忧。

幽默也不行，讨债的人好像最不懂幽默。你越说轻松可笑的话，他越跟你瞪眼。他非看见钱不笑。你要跟他瞪眼呢，那就更糟，他似乎和巡警是亲戚，一招呼就来。

似乎根本不应当借债。没有亏空，到了新年自然是高高兴兴；新年本来应该高高兴兴。可是有一层，不借债在理论上是很好喽，实际上作得到么。假如有一天两手空空，肚子乱叫，你怎办？为求新年的无忧而一定不去借钱，你就活不到新年了。这个不能不算计好了。为过新年而先把命丧了，幽默倒还幽默，可是犯得着这么幽默吗？圣人有云，好死不如赖活着。这是句有味儿的话。

有债随时还，不要都积到新年，似乎是个好方法。可是谁有这份能力呢。今天借了，明天还上，那满可以不借。借，就是因为有个长期间不还的享受，于是一压便压到新年。谁也没想到新年来得这么快！

取销新年呢，照样的不是办法。你自己取销了新年，新年还是到时候就来。债权者即使健忘，说什么也忘不了新年讨债。

说来说去还是没办法。如果非把新年的二重性格减去一重不可，似乎只好减去“喜”的那一面。在新年的前半月，就应当皱上眉头，表示无论如何也不喜。那么，讨债的到了家门，自然视若无物。假若他看不出你的眉头是自杀的标志，你满可以当着他的面上一回吊。这倒许引起他的幽默，而展限到端阳节再说。若是他不肯这么办呢，你上吊就完了，反正你已经承认新年是有忧无喜，生死还有什么多大的关系。这似乎不像仁者之言，可是世界就这个样，有什么好办法呢？好死不如赖活着；到了要命的关头，也就无法。

原载 1934 年 1 月 1 日《申报·自由谈》。

新年试笔

新新年已过了半个月，旧新年还差着十来天。两对付着，用“新年试笔”，大概还是免不了“过犹不及”。这可也真无法！一九三六来到，我不敢施礼向前，道完新禧，赶紧拿笔；我等着炮声呢。一九三六不是顶可怕的么？元旦开炮简直是必不可免的，还有心拿笔？笔不敢拿，更不用说还想过年喝酒。除夕，我九点就睡了。元旦，很早的起来，等候死亡。大失所望，炸弹并没雪片般的往下降。一直等到初二，还无消息，一九三六大概没什么出息了；灰心，就不愿动笔。

五号以后，天天看报。仿佛北方又丢失了几县，可是没听见一声大炮。原来最可怕的一九三六并不特别开打，而是袖里来袖里去；黄河也许不久就成为人家杯里的香槟。可怜的一九三六，你只能在非洲撒野，在东方的乐土就没有你的事儿！

又闹学生呢，这可不是好现象。果然，破坏和平者无赦。

是这么着！

最近两三天，我听见了炮声；不是大炮，是小爆竹——欢迎旧新年的先声。我不能不拿笔了，天下已经太平，还能不高高兴兴的预备过旧新年么，新新年既然是空过去；即使一九三六有翻天覆地的本领，也抵不过我干脆不答理它，而快快活活的欢迎鼠儿年。设若我再得个胖儿子，他是属鼠儿的，根本与一九三六无关。这笔账儿我自以为算得不错，我等着听除夕彻夜的鞭炮，我等着看元旦娘娘庙进香，我等着看大年初二祭财神，我等着看……总而言之吧，鼠儿年一定是万紫千红，好一片太平景象。就是有战事的话，你放心，那是人家打，咱们总会维持和平。老鼠万岁！

原载1936年1月19日天津《益世报·益世小品》第43期。

“完了”

“避暑录话”原定共出十期，今天这是末一次；有中秋节在这儿拦着，即使有力继续也怪不好意思。广东月饼和青岛避暑似乎打不到一气。

完了就完了吧，没有什么可说的，也不必多说什么。原没打算以此治国平天下，今天也就用不着以“呜呼”收场，以示其一片忠心。至于这十期的作品是好是坏，我们愿听别人批评，自己不便于吹，也不便于贬。天下大事都有英雄俊杰在那儿操心，我们只向文海投了块小石，多少起些波圈，也正自不虚此“避”。若一定得说说，我们曾为这小刊物出过几身汗倒是真的。刊物小并不就容易，用五六百字写一篇东西，有时比写万言书还难一些。要好，要漂亮，要完整，要有意思，就凭那么五六百个字？为录避暑之话而出汗，自己找罪受而已；往好里说，这是我们努力，可是谁肯给自己叫好呢。

还有一层也须说到，因为这只有我们自己晓得：我们的避暑原是带手儿的事，我们在青岛都有事作。在这里，我们并不能依照“避暑生活”去消磨时日；况且我们也没都能在青岛过这一夏呢。克家早早的就回到乡间，亚平是到各处游览山水，少侯上了北平，伯箫赶回济南……这就又给了许多困难：短文既不易作，而有事者有事，行路者行路，不幸而有三两位交白卷，塌台乃必不可免。我们不想夸奖自己，可是说到这儿没法不自己喝声彩了。事实胜于雄辩，我们说十期就出了十期，而且每期是满膛满馅！这必得说是我们的纪律不错。在艺术里，演剧与奏乐必须有纪律，“随便”一定失败。文艺也须有纪律还是由办这小刊物得来的经验与觉悟，文人相轻，未必可信；而杂牌军队，必难取胜。于此又来了点感想：假设能有些文人，团结起来，共同负责办一个刊物，该谁写就写，该修改就得去修改，相互鼓励，也彼此批评，不滥收外稿，不乱拉名家，这个刊物或者能很出色。“避暑录话”未能把这些都办到，可是就这短短时期的经过，可以断定这个企冀不是全无可能。纪律是头一件该注意的事，自然也是最难的事。

无论怎说吧，“避暑录话”到了“完了”的时候，朋友散归四方，还在这儿的也难得共同写作的机会，想起来未免有些恋恋不舍。明年，谁知道明年夏天都准在什么地方呢；这个小刊物就似乎更可爱了，即使这完全是情愿上的。

“完了！”

原载1935年9月15日《青岛民报·避暑录话》第10期。

小病

大病往往离死太近，一想便寒心，总以不患为是。即使承认病死比杀头活埋剥皮等死法光荣些，到底好死不如歹活着。半死不活的味道使盖世的英雄泪下如雨呀。拿死吓唬任何生物是不人道的。大病专会这么吓唬人，理当回避，假若不能扫除净尽。

可是小病便当另作一说了。山上的和尚思凡，比城里的学生要厉害许多。同样，楚霸王不害病则没的可说，一病便了不得。生活是种律动，须有光有影，有左有右，有晴有雨；滋味就含在这变而不猛的曲折里。微微暗些，然后再明起来，则暗得有趣，而明乃更明；且不至明过了度，忽然烧断，如百烛电灯泡然。这个，照直了说，便是小病的作用。常患些小病是必要的。

所谓小病，是在两种小药的能力圈内，阿司匹灵与清瘟解毒丸是也。这两种药所不治的病，顶好快去请大夫，或者立下遗嘱，备下棺材，也无所不可。咱们现在讲的是自己能当大夫的“小”病。这种小病，平均每个半月犯一次就挺合适。一年四季，平均犯八次小病，大概不会再患什么重病了。自然也有爱患完小病再患大病的人，那是个人的自由，不在话下。

咱们说的这类小病很有趣。健康是幸福；生活要趣味，所以应当讲说一番：

小病可以增高个人的身分。不管一家大小是靠你吃饭，还是你白吃他们，日久天长，大家总对你冷淡。假若你是挣钱的，你越尽责，人们越挑眼，好像你是条黄狗，见谁都得连忙摆尾；一尾没摆到，即使不便明言，也暗中唾你几口。不大离的你必得病一回，必得！早晨起来，哎呀，头疼！买清瘟解毒丸去！还有阿司匹灵吗？不在乎要什么，要的是这个声势。狗的地位提高了不知多少。连懂点事的孩子也要闭眼想想了——这棵树可是倒不得呀！你在这时节可以发散发散狗的苦闷了，卫生的要术。你若是个白吃饭的，这个方法也一样灵验。特别是妈妈与老嫂子，一见你真需要阿司匹灵，她们会知道你没得到你所应得的尊敬，必能设法安慰你：去听听戏，或带着孩子们看电影去吧？她们诚意的向你商量。本来你的病是吃小药饼或看电影都可以治好的，可是你的身份高多了呢。在朋友中，社会中，光景也与此略同。

此外，小病两日而能自己治好，是种精神的胜利。人就是别投降给大夫。无论国医西医，一律招惹不得。头疼而去找西医，他因不能断症——你的病本来不算什么——一定嘱告你住院，而后详加检验，发现了你的小脚指头不是好东西，非割去不可。十天之后，头疼确是好了，可是足指剩了九个。国医文明一些，不提小脚指头这一层，而说你气虚，一开便开二十味药；他越摸不清你的脉，越多开药，意在把病吓跑。就是不找大夫。预防大病来临，时时以小病发散之，而小病自己会治，这就等于“吃了萝卜喝热茶，气得大夫满街爬！”

有宜注意者：不当害这种病时，别害。头疼，大则足以失去一个王位，小则能惹出是非。设个小比方：长官约你陪客，你说头疼不去，其结果有不易消化者。怎样利用小病，须在全部生活艺术中搜求出来。看清机会，而后一想象，乃由无病而有病，利莫大焉。

这个，从实际上看，社会上只有一部分人能享受，差不多是一种雅好的奢侈。可是，在一个理想国里，人人应该有这个自由与享受。自然，在理想国内也许有更好的办法；不过，什么办法也不及这个浪漫，这是小品病。

原载1934年7月5日《人间世》第7期。

神的游戏

戏剧不是小说。假若我是个木匠；我一定说戏剧不是大锯。由正面说，戏剧是什么，大概我和多数的木匠都说不上来。对戏剧我是头等的外行。

可是，我作过戏剧。这只有我与字纸篓知道。看别人写戏，我也试试，正如看别人下海，我也去涮涮脚。原来戏剧和小说不是一回事。这个发现，多少是恼人的。

“小说是袖珍戏园”。不错。连卖瓜子的打手巾把的都有地位。形容那位睡着了的观客，和他的梦，都无所不可。一出戏，非把卖瓜子的逐出去不可，那位作梦的先生也该枪毙。戏剧限于台上那点玩艺，而且必定不许台下有人睡觉。一些布景，几个人，说说笑笑或哭哭啼啼，这要使人承认为艺术；天哪，难死人也！景片的绳子松了一些，椅子腿有点活动，都不在话下；她一个劲儿使人明白人生，认识生命，拿揭显代替形容，拿吵嘴当作哲理，这简直不可能。可是真有会干这个的！

设若戏剧是“一个”人的发明，他必是个神。小说，二大妈也会是发明人。从头说起吧。立意有了，人物，地点，时间，也都有了，这不应很乐观么？是。于是提起笔来，终于放下，让谁先出来呢？设若是小说，我就大有办法。我能叫一混成旅人一齐出来，也能叫一个人没有而大讲秋天的红叶。戏剧家必是个神，他晓得而且毫不迟疑的怎样开始。他似乎有件法宝，一祭起便成了个诛仙阵，把台下的众灵魂全引进阵去。并且是很简单呀，没有说明书，没有开场词，没有名人的介绍；一开幕便单摆浮搁的把阵式列开，一两个回合便把人心捉住，拿活人演活人的事，而且叫台下的活人郑重其事的感到一些什么，傻子似的笑或落泪。这个本事是真本事，我只能使眼前的白纸老那么白着吧。请想，我面对面的，十二分诚恳的，给二大妈述说一件事，她还不能明白，或是不愿听；怎能将两个人放在台上交谈一阵，就使她明白而且乐意听呢？大概不是她故意与我作难，就是我该死。

勉强的打了个头儿。一开幕，一胖一瘦在书房内谈话，窗外有片雪景，不坏。胖子先说话，瘦子一边听一边看报。也好。谈了两三分钟，胖子和瘦子的话是一个味儿，话都非常的漂亮，只是显不出胖子是怎么个人，瘦子是怎么个人。把笔放下，叹气。

过了十分钟，想起来了。该上女角了。女角一露面，胖子和瘦子之间便起了冲突，一起冲突便有了人格。好极了。女角出来了。她也加入谈话，三个人说的都一个味儿，始终是白开水。她打扮得很好，长得也不坏，说话也漂亮；她是怎么个人呢？没办法。胖子不替她介绍，瘦子也不管详述族谱，她自己更不好意思自述。这位救命星原来也是木头的。字纸篓里增多了两三张纸。

天才不应当承认失败，再来。这回，先从后头写。问题的解决是更难写的；先解决了，然后再倒转回来补充，似乎更保险。小说不必这样，因为无结果而散也是真实的情形。戏剧必须先作茧，到末了变出蛾子来。是的，先出蛾子好了。反正事实都已预备好，只凭一写了。写吧。胖子瘦子和姑娘又都出来了。还是木头的。瘦子娶了姑娘，胖子饮鸩而死，悲剧呀。自己没悲，胖子没悲，虽然是死了！事实很有味儿，就是人始终没活着。胖子和瘦子还打了一场呢，白打，最紧张处就是这一打，我自己先笑了。

念两本前人的悲剧，找点诀窍吧。哼！事实不如我的奇，穿插不如我的巧，言语没有我的俏，可是，也不是从哪里找来的，前前后后，里里外外，有股悲劲萦绕回环，好似与人物事实平行着一片秋云，空气便是凉飕飕的。不是闹鬼；定是有神。这位神，把人与事放在一个悲的宇宙里。不知他是先造的人呢，还是先造的那个宇宙。一切是在悲壮的律动里，这个律动把二大妈的泪引出来，满满的哭了两三天，泪越多心里越痛快。二大妈的灵魂已到封神台下去，甘心的等着被封为——哪怕是土地奶奶呢，到底是入了神界！

我完了。神始终不照顾我。他不给我这点力量。我的眼总是迷糊，看不见那么立体的一小块——其中有人有事有说有笑，一小块人生，一小块真理，一小块悲史，放在心里正合适，放在宇宙里便和宇宙融成一体，如气之与风。戏剧呀，神的游戏。木匠，还是用你的锯吧。

原载 1934 年 7 月 14 日天津《大公报·文艺副刊》第 84 期。

习惯

不管别位，以我自己说，思想是比习惯容易变动的。每读一本书，听一套议论，甚至看一回电影，都能使我的脑子转一下。脑子的转法是像螺丝钉，虽然是转，却也往前进。所以，每转一回，思想不仅变动，而且多少有点进步。记得小的时候，有一阵子很想当“黄天霸”。每逢四顾无人，便掏出瓦块或碎砖，回头轻喊：看镖！有一天，把醋瓶也这样出了手，几乎挨了顿打。这是听《五女七贞》的结果。及至后来读了托尔斯泰等人的作品，就是看杨小楼扮演的“黄天霸”，也不会再扔醋瓶了。你看，这不仅是思想老在变动，而好歹的还高了一二分呢。

习惯可不能这样。拿吸烟说吧，读什么，看什么，听什么，都吸着烟。图书馆里不准吸烟，干脆就不去。书里告诉我，吸烟有害，于是想戒烟，可是想完了，照样的点上一支。医院里陈列着“烟肺”也看见过，颇觉恐慌，我也是有肺动物啊！这点嗜好都去不掉，连肺也对不起呀，怎能成为英雄呢？！思想很高伟了；乃至吃过饭，高伟的思想又随着蓝烟上了天。有的时候确是坚决，半天儿不动些小白纸卷，而且自号为理智的人——对面是习惯的人。后来也不是怎么一股劲，连吸三支，合着并未吃亏。肺也许又黑了许多，可是心还跳着，大概一时不至于死，这很足自慰。什么都这样。按说一个自居摩登的人，总该常常携着夫人在街上走走了。我也这么想过，可是做不到。大家一看，我就毛咕，“你慢慢走着，咱们家里见吧！”把夫人落在后边，我自己迈开了大步。什么“尖头曼”“方头曼”的，不管这一套。虽然这么说，到底觉得差一点。从此再不双双走街。

明知电影比京戏文明些，明知京戏的锣鼓专会供给头疼，可是嘉宝或红发女郎总胜不过杨小楼去。锣鼓使人头疼得舒服，仿佛是。同样，冰激凌，咖啡，青岛洗海澡，美国桔子，都使我摇头。酸梅汤，香片茶，裕德池，肥城桃，老有种知己的好感。这与提倡国货无关，而是自幼儿养成的习惯。年纪虽然不大，可是我的幼年还赶上了野蛮时代。那时候连皇上都不坐汽车，可想见那是多么野蛮了。

跳舞是多么文明的事呢，我也没份儿。人家印度青年与日本青年，在巴黎或伦敦看见跳舞，都讲究馋得咽唾沫。有一次，在艾丁堡，跳舞场拒绝印度学生进去，有几位差点上了吊。还有一次在海船上举行跳舞会，一个日本青年气得直哭，因为没人招呼他去跳。有人管这种好热闹叫作猴子的摹仿，我倒并不这么想。在我的脑子里，我看这并不成什么问题，跳不能叫印度登时独立。也不能叫日本灭亡。不跳呢，更不会就怎样了不得。可是我不跳。一个人吃饱了没事，独自跳跳，还倒怪好。叫我和位女郎来回的拉扯，无论说什么也来不得。看着就是不顺眼，不用说真去跳了。这和吃冰激凌一样，我没有这个胃口。舌头一凉，马上联想到泻肚，其实心里准知道并没危险。

还有吃西餐呢。干净，有一定份量，好消化，这些我全知道。不过吃完西餐要不补充上一碗馄饨两个烧饼，总觉得怪委屈的。吃了带血的牛肉，喝凉水，我一定跑肚。想象的作用。这就没有办法了，想象真会叫肚子山响！

对于朋友，我永远爱交老粗儿。长发的诗人，洋装的女郎，打高尔夫的男性女性，咬言咂字的学者，满跟我没缘。看不惯。老粗儿的言谈举止是咱自幼听惯看惯的。一看见长发诗人，我老是要告诉他先去理发；即使我十二分佩服他的诗才，他那些长发使我堵的慌。家兄永远到“推剃两从便”的地方去“剃”，亮堂堂的很悦目。女子也剪发，在理论上我极同意，可是看着别扭。问我女子该梳什么“头”，我也答不出，我总以为女性应留着头发。我的母亲，我的大姐，不都是世界上最好的女人么？她们都没剪发。

行难知易，有如是者。

原载 1934 年 9 月 5 日《人世间》第 11 期。

取钱

我告诉你，二哥，中国人是伟大的。就拿银行说吧，二哥，中国最小的银行也比外国的好，不冤你。你看，二哥，昨儿个我还在银行里睡了一大觉。这个我告诉你，二哥，在外国银行里就做不到。

那年我上外国，你不是说我随了洋鬼子吗？二哥，你真有先见之明。还是拿银行说吧，我亲眼得见，洋鬼子再学一百年也赶不上中国人。洋鬼子不够派儿。好比这么说吧，二哥，我在外国拿着张十镑钱的支票去兑现钱。一进银行的门，就是柜台，柜台上没有亮亮的黄铜栏杆，也没有大小的铜牌。二哥你看，这和油盐店有什么分别？不够派儿。再说人吧，柜台里站着好几个，都那么光梳头，净洗脸的，脸上还笑着；这多下贱！把支票交给他们谁也行，谁也是先问你早安或午安；太不够派儿了！拿过支票就那么看一眼，紧跟着就问："怎么拿？先生！"还是笑着。哪道买卖人呢？！

叫“先生”还不够，必得还笑，洋鬼子脾气！我就说了，二哥：“四个一镑的单张，五镑的一张，一镑零的；零的要票子和钱两样。”要按理说，二哥，十镑钱要这一套啰哩啰嗦，你讨厌不，假若二哥你是银行的伙计？你猜怎么样，二哥，洋鬼子笑得更下贱了，好像这样麻烦是应当应分。喝，登时从柜台下面抽出簿子来，刷刷的就写；写完，又一伸手，钱是钱，票子是票子，没有一眨眼的工夫，都给我数出来了；紧跟着便是：“请点一点，先生！”又是一个“先生”，下贱，不懂得买卖规矩！点完了钱，我反倒楞住了，好像忘了点什么。对了，我并没忘了什么，是奇怪洋鬼子干事——况且是堂堂的大银行——为什么这样快？赶丧哪？真他妈的！

二哥，还是中国的银行，多么有派儿！我不是说昨儿个去取钱吗？早八点就去了，因为现在天儿热，银行八点就开门；抓个早儿，省得大晌午的劳动人家；咱们事事都得留个心眼，人家有个伺候得着与伺候不着，不是吗？到了银行，人家真开了门，我就心里说，二哥：大热的天，说什么时候开门就什么时候开门，真叫不容易。其实人家要楞不开一天，不是谁也管不了吗？一边赞叹，我一边就往里走。喝，大电扇忽忽的吹着，人家已经都各按部位坐得稳稳当当，吸着烟卷，按着铃要茶水，太好了，活像一群皇上，太够派儿了。我一看，就不好意思过去，大热的天，不叫人家多歇会儿，未免有点不知好歹。可是我到底过去了，二哥，因为怕人家把我撵出去；人家看我像没事的，还不撵出来么？人家是银行，又不是茶馆，可以随便出人。我就过去了，极慢的把支票放在柜台上。没人搭理我，当然的。有一位看了我一看，我很高兴；大热的天，看我一眼，不容易。二哥，我一过去就预备好了：先用左腿金鸡独立的站着，为是站乏了好换腿。左腿立了有十分钟，我很高兴我的腿确是有了劲。支持到十二分钟我不能不换腿了，于是就来个右金鸡独立。右腿也不弱，我更高兴了，嗨，爽性来个猴啃桃吧，我就头朝下，顺着柜台倒站了几分钟。翻过身来，大家还没动静，我又翻了十来个跟头，打了些旋风脚。刚站稳了，过来一位；心里说：我还没练两套拳呢；这么快？那位先生敢情是过来吐口痰，我补上了两套拳。拳练完了，我出了点汗，很痛快。又站了会儿，一边喘气，一边欣赏大家的派头——真稳！很想给他们喝个彩。八点四十分，过来一位，脸上要下雨，眉毛上满是黑云，看了我一看。我很难过，大热的天，来给人家添麻烦。他看了支票一眼，又看了我一眼，好像断定我和支票像亲哥儿俩不像。我很想把脑门子上签个字。他连大气没出把支票拿了走，扔给我一面小铜牌。我直说："不忙，不忙！今天要不合适，我明天再来；明天立秋。"我是真怕把他气死，大热的天。他还是没理我，真够派儿，使我肃然起敬！

拿着铜牌，我坐在椅子上，往放钱的那边看了一下。放钱的先生——一位像屈原的中年人——刚按铃要鸡丝面。我一想：工友传达到厨房，厨子还得上街买鸡，凑巧了鸡也许还没长成个儿；即使顺当的买着鸡，面也许还没磨好。说不定，这碗鸡丝面得等三天三夜。放钱的先生当然在吃面之前决不会放钱；大热的天，腹里没食怎能办事。我觉得太对不起人了，二哥！心中一懊悔，我有点发困，靠着椅子就睡了。睡得挺好，没蚊子也没臭虫，到底是银行里！一闭眼就睡了五十多分钟；我的身体，二哥，是不错了！吃得饱，睡得着！偷偷的往放钱的先生那边一看，（不好意思正眼看，大热的天，赶劳人是不对的！）鸡丝面还没来呢。我很替他着急，肚子怪饿的，坐着多么难受。他可是真够派儿，肚子那么饿还不动声色，没法不佩服他了，二哥。

大概有十点左右吧，鸡丝面来了！“大概”，因为我不肯看壁上的钟——大热的大，表示出催促人家的意思简直不够朋友。况且我才等了两点钟，算得了什么。我偷偷的看人家吃面。他吃得可不慢。我觉得对不起人。为兑我这张支票再逼得人家噎死，不人道！二哥，咱们都是善心人哪。他吃完了面，按铃要手巾把，然后点上火纸，咕噜开小水烟袋。我这才放心，他不至于噎死了。他又吸了半点多钟水烟。这时候，二哥。等取钱的已有了六七位，我们彼此对看，眼中都带出对不起人的神气，我要是开银行，二哥，开市的那天就先枪毙俩取钱的，省得日后麻烦。大热的天，取哪门子钱？！不知好歹！

十点半，放钱的先生立起来伸了伸腰。然后捧着小水烟袋和同事的低声闲谈起来。我替他抱不平，二哥，大热的天，十时半还得在行里闲谈，多么不自由！凭他的派儿，至少该上青岛避两月暑去；还在行里，还得闲谈，哼！

十一点，他回来，放下水烟袋，出去了；大概是去出恭。

十一点半才回来。大热的天，二哥，人家得出半点钟的恭，多不容易！再说，十一点半，他居然拿起笔来写账，看支票。我直要过去劝告他不必着急。大热的天，为几个取钱的得点病才合不着。到了十二点，我决定回家，明天再来。我刚要走，放钱的先生喊："一号！"我真不愿过去，这个人使我失望！才等了四点钟就放钱，派儿不到家！可是，他到底没使我失望！我一过去，他没说什么，只指了指支票的背面。原来我忘了在背后签字，他没等我拔下自来水笔来，说了句："明天再说吧。"这才是我所希望的！本来吗，人家是一点关门；我补签上字，再等四点钟，不就是下午四点了吗？大热的天，二哥，人家能到时候不关门？我收起支票来，想说几句极合适的客气话，可是他喊了"二号"；我不能再耽误人家的工夫，决定回家好好的写封道歉的信！二哥，你得开开眼去，太够派儿！

原载1934年10月1日《论语》第50期。

又是一年芳草绿

悲观有一样好处，它能叫人把事情都看轻了一些。这个可也就是我的坏处，它不起劲，不积极。您看我挺爱笑不是？因为我悲观。悲观，所以我不能板起面孔，大喊："孤——刘备！"我不能这样。一想到这样，我就要把自己笑毛咕了。看着别人吹胡子瞪眼睛，我从脊梁沟上发麻，非笑不可。我笑别人，因为我看不起自己。别人笑我，我觉得应该；说得天好，我不过是脸上平润一点的猴子。我笑别人，往往招人不愿意；不是别人的量小，而是不像我这样稀松，这样悲观。

我打不起精神去积极的干，这是我的大毛病。可是我不懒，凡是我该作的我总想把它作了，纯为得点报酬养活自己与家里的人——往好了说，尽我的本分。我的悲观还没到想自杀的程度，不能不找点事作。有朝一日非死不可呢，那只好死喽，我有什么法儿呢？

这样，你瞧，我是无大志的人。我不想作皇上。最乐观的人才敢作皇上，我没这份胆气。

有人说我很幽默，不敢当。我不懂什么是幽默。假如一定问我，我只能说我觉得自己可笑，别人也可笑；我不比别人高，别人也不比我高。谁都有缺欠，谁都有可笑的地方。我跟谁都说得来，可是他得愿意跟我说；他一定说他是圣人，叫我三跪九叩报门而进，我没这个瘾。我不教训别人，也不听别人的教训。幽默，据我这么想，不是嬉皮笑脸，死不要鼻子。

也不是怎股子劲儿，我成了个写家。我的朋友德成粮店的写账先生也是写家，我跟他同等，并且管他叫二哥。既是个写家，当然得写了。“风格即人”——还是“风格即驴”？——我是怎个人自然写怎样的文章了。于是有人管我叫幽默的写家。我不以这为荣，也不以这为辱。我写我的。卖得出去呢，多得个三头五块的，买什么吃不香呢。卖不出去呢，拉倒，我早知道指着写文章吃饭是不易的事。

稿子寄出去，有时候是肉包子打狗，一去不回头；连个回信也没有。这，咱只好幽默；多咱见着那个骗子再说，见着他，大概我们俩总有一个笑着去见阎王的。不过，这是不很多见的，要不怎么我还没想自杀呢。常见的事是这个，稿子登出去，酬金就睡着了，睡得还是挺香甜。直到我也睡着了，它忽然来了，仿佛故意吓人玩。数目也惊人，它能使我觉得自己不过值一毛五一斤，比猪肉还便宜呢。这个咱也不说什么，国难期间，大家都得受点苦，人家开铺子的也不容易，掌柜的吃肉，给咱点汤喝，就得念佛。是的，我是不能当皇上，焚书坑掌柜的，咱没那个狠心，你看这个劲儿！不过，有人想坑他们呢，我也不便拦着。

这么一来，可就有许多人看不起我。连好朋友都说："伙计，你也硬正着点，说你是为人类而写作，说你是中国的高尔基；你太泄气了！"真的，我是泄气，我看高尔基的胡子可笑。他老人家那股子自卖自夸的劲儿，打死我也学不来。人类要等着我写文章才变体面了，那恐怕太晚了吧？我老觉得文学是有用的；拉长了说，它比任何东西都有用，都高明。可是往眼前说，它不如一尊高射炮，或一锅饭有用。我不能吆喝我的作品是"人类改造丸"。我也不相信把文学杀死便天下太平。我写就是了。

别人的批评呢？批评是有益处的。我爱着批评，它多少给我点益处；即使完全不对，不是还让我笑一笑吗？自己写的时候仿佛是蒸馒头呢，热气腾腾，莫名其妙。及至冷眼人一看，一定看出许多错儿来。我感谢这种指摘。说的不对呢，那是他的错儿，不干我的事。我永不驳辩，这似乎是胆儿小；可是也许是我的宽宏大量。我不便往自己脸上贴金。一件事总得由两面儿瞧，是不是？

对于我自己的作品，我不拿她们当作宝贝。是呀，当写作的时候，我是卖了力气，我想往好了写。可是一个人的天才与经验是有限的，谁也不敢保了老写的好，连荷马也有打盹的时候。有的人呢，每一拿笔便想到自己是但丁，是莎士比亚。这没有什么不可以的，天才须有自信的心。我可不敢这样，我的悲观使我看轻自己。我常想客观的估量估量自己的才力；这不易作到，我究竟不能像别人看我看得那样清楚；好吧，既不能十分看清楚了自己，也就不用装蒜。谦虚是必要的，可是装蒜也大可以不必。

对作人，我也是这样。我不希望自己是个完人，也不故意的招人家的骂。该求朋友的呢，就求；该给朋友作的呢，就作。作的好不好，咱们大家凭良心。所以我很和气，见着谁都能扯一套。可是，初次见面的人，我可是不大爱说话；特别是见着女人，我简直张不开口，我怕说错了话。在家里，我倒不十分怕太太。可是对别的女人老觉着恐慌，我不大明白妇女的心理；要是信口开河的说，我不定说出什么来呢，而妇女又爱挑眼。男人也有许多爱挑眼的，所以初次见面，我不大愿开口。我最不喜辩论，因为红着脖子粗着筋的太不幽默。我最不喜欢好吹腾的人，可并不拒绝与这样的人谈话；我不爱这样的人，但喜欢听他的吹。最好是听着他吹，吹着吹着连他自己也忘了吹到什么地方去，那才有趣。

可喜的是有好几位生朋友都这么说："没见着阁下的时候，总以为阁下有八十多岁了。敢情阁下并不老。"是的，虽然将奔四十的人，我倒还不老。因为对事轻淡，我心中不大藏着计划，作事也无须耍手段，所以我能笑，爱笑；天真的笑多少显着年青一些。我悲观，但是不愿老声老气的悲观，那近乎"虎事"。我愿意老年轻轻的，死的时候像朵春花将残似的那样哀而不伤。我就怕什么"权威"咧，"大家"咧，"大师"咧，等等老气横秋的字眼们。我爱小孩，花草，小猫，小狗，小鱼；这些都不“虎事”。偶尔看见个穿小马褂的“小大人”，我能难受半天，特别是那种所谓聪明的孩子，让我难过。比如说，一群小孩都在那儿看变戏法儿，我也在那儿，单会有那么一两个七八岁的小老头说：“这都是假的！”这叫我立刻走开，心里堵上一大块。世界确是更“文明”了，小孩也懂事懂得早了，可是我还愿意大家傻一点，特别是小孩。假若小猫刚生下来就会捕鼠，我就不再养猫，虽然它也许是个神猫。

我不大爱说自己，这多少近乎“吹”。人是不容易看清楚自己的。不过，刚过完了年，心中还慌着，叫我写“人生于世”，实在写不出，所以就近的拿自己当材料。万一将来我不得已而作了皇上呢，这篇东西也许成为史料，等着瞧吧。

原载1935年3月6日天津《益世报·文学》第1期。

谈教育

叫我谈现代教育，这可不容易办！我这个家伙不会瞪着眼批评。我最喜欢和朋友们瞎扯，用不着“诗云”，也用不着“子曰”；想叫我有头有尾的说一遍，我没那个本事。是呀，我偶尔心血来潮，也能看出事情的好坏来。可是，我的脾气永远使我以好坏为事实；这就是说，我承认事实而不愿再想一遍——好的怎能再好，坏的怎当矫正。我不会这一套，我不会把自己放在高山上，指挥着大家应怎么怎么；何者对，何者不对；使世界成一条线，串起一切众生，都看齐立正开步走。

对于现代教育，我说什么呢？我不怕人家笑我说的不对，我怕歪打正着的偏偏说对，而被人称为大师，或二师，或师弟，甚至于师妹。我要是有饭吃，我决不当教员。我最大的希望是有人每月供给我二百块钱，什么事也不做，闲着一劲的吃饭与瞎扯。

提起现代的教育，我以为这是应该高兴的。先由教员说吧，要是没有教育，这群人——连我算上——上哪儿挣钱去？由这一点往下想，教育仍当扩充；薪水最好也再增高一些；对教员应使之“清”，而不宜使之“苦”。

说到学生，现在的学生实在可羡慕：念许多书，学洋文，知天文，晓地理，还看报纸，也会踢球，这也就很够了。这样的青年，拿到一张文凭，去作官，去发财，去恋爱，本是分所应得，近情近理。不过是呢，穷人不大容易享受这些利益，未免是个缺点。可细那么一想呢，种瓜得瓜，种银元得金镑；蛤蟆垫桌腿，本当死挨，那有什么法儿呢！

至于学校，那太好了。一个个衙门似的，这个课长，那个主任，出布告，写讲义，有科学馆，体育场，图书馆，可谓应有尽有，诸事大吉。教书有种种教员，训育有主任，指导赛跑也有专员。由学校看，中国显然有了极大的进步。虽然由学校与人口的比例上看，学校还微嫌少着两三个，可是能有这么多，这么好，也就满说得下去了。

统而言之，我觉得现在中国的教育够甲等。也许这太乐观了些。可是在这个年月，不乐观又怎样呢？

原载1935年4月1日《论语》第62期。

忙

近来忙得出奇。恍忽之间，仿佛看见一狗，一马，或一驴，其身段神情颇似我自己；人兽不分，忙之罪也！

每想随遇而安，贫而无谄，忙而不怨。无谄已经作到；无论如何不能欢迎忙。

这并非想偷懒。真理是这样：凡真正工作，虽流汗如浆，亦不觉苦。反之，凡自己不喜作，而不能不作，作了又没什么好处者，都使人觉得忙，且忙得头疼。想当初，苏格拉底终日奔忙，而忙得从容，结果成了圣人；圣人为真理而忙，故不手慌脚乱。即以我自己说，前年写《离婚》的时候，本想由六月初动笔，八月十五交卷。及至拿起笔来，天气热得老在九十度以上，心中暗说不好。可是写成两段以后，虽腕下垫吃墨纸以吸汗珠，已不觉得怎样难受了。"七"月十五日居然把十二万字写完！因为我爱这种工作哟！我非圣人，也知道真忙与瞎忙之别矣。

所谓真忙，如写情书，如种自己的地，如发现九尾彗星，如在灵感下写诗作画，虽废寝忘食，亦无所苦。这是真正的工作，只有这种工作才能产生伟大的东西与文化。人在这样忙的时候，把自己已忘掉，眼看的是工作，心想的是工作，作梦梦的是工作，便无暇计及利害金钱等等了；心被工作充满，同时也被工作洗净，于是手脚越忙，心中越安怡，不久即成圣人矣。情书往往成为真正的文学，正在情理之中。

所谓瞎忙，表面上看来是热闹非常，其实呢它使人麻木，使文化退落，因为忙得没意义，大家并不愿作那些事，而不敢不作；不作就没饭吃。在这种忙乱情形中，人们像机器般的工作，作完了一饱一睡，或且未必一饱一睡，而半饱半睡。这里，只有奴隶，没有自由人；奴隶不会产生好的文化，这种忙乱把人的心杀死，而身体也不见得能健美。它使人恨工作，使人设尽方法去偷油儿。我现在就是这样，一天到晚在那儿作事，全是我不爱作的。我不能不去作，因为眼前有个饭碗；多咱我手脚不动，那个饭碗便拍的一声碎在地上！我得努力呀，原来是为那个饭碗的完整，多么高伟的目标呀！试观今日之世界，还不是个饭碗文明！

因此，我羡慕苏格拉底，而恨他的时代。苏格拉底之所以能忙成个圣人，正因为他的社会里有许多奴隶。奴隶们为苏格拉底作工，而苏格拉底们乃得忙其所乐意忙者。这不公道！在一个理想的文化中，必能人人工作，而且乐意工作，即便不能完全自由，至少他也不完全被责任压得翻不过身来，他能把眼睛从饭碗移开一会儿，而不至立刻拍的一声打个粉碎。在这样的社会里，大家才会真忙，而忙得有趣，有成绩。在这里，懒是一种惩罚；三天不作事会叫人疯了；想想看，灵感来了，诗已在肚中翻滚，而三天不准他写出来，或连哼哼都不许！懒，在现在的社会里，是必然的结果，而且不比忙坏；忙出来的是什么？那末，懒又有什么不可以呢？

世界上必有那么一天，人类把忙从工作中赶出去，大家都晓得，都觉得，工作的快乐，而越忙越高兴；懒还不仅是一种羞耻，而是根本就受不了的。自然，我是看不到那样的社会了；我只能在忙得——瞎忙——要哭的时候这么希望一下吧。

原载 1935 年 6 月 30 日天津《益世报·益世小品》第 15 期。

有钱最好

既是苦命人，到处都得受罪。穷大奶奶逛青岛，受洋罪；我也正受着这种洋罪。

青岛的青山绿水是给诗人预备的，我不是诗人。青岛的洋楼汽车是给阔人预备的，我有时候袋里剩三个子儿。享受既然无缘，只好放在一边，单表受罪。

第一先得说房。大小不拘，这里的房全是洋式。由房东那方面看，租钱不算多；由住房儿的看，像我这样的人，简直一月月的干给房钱赶网。吃也不算贵，喝也不算贵；房没有贱的。房既然贵，自然住不起一整所儿，所以大多数的楼房是分租，一层儿两三间房租给一家。住楼上的呢，得上下跑腿；而且费煤，因为高处得风，墙又不厚。住楼下的，自然省了脚，也较比的暖一点，可是乐不抵苦。您别看大家都洋服啷当儿的，讲到公德心，青岛的人并不比别处的文明。楼的建筑根本是二五八，楼板也就是一寸来厚，而楼上的人们，绝不会想到楼下还有人。希望大家铺地毯，未免所求过奢；能垫上点席子的便很难得。要赶上楼上有那么七八个孩子，那就蛤蟆垫桌腿儿，死挨。人家能把楼板跺得老忽闪忽闪的动，时时有塌下来的可能。自然没人能管住小孩不走不跳，可是能够作到的也没人作。比如说椅子腿上包点布，或者不准小孩拉椅子，这很容易办吧？哼，没那回事。你莫名其妙楼上怎会有那么多椅子，更不知道为什么老在那儿拉。你晓得楼上拉椅子多么难听，它钻脑子，叫人想马上自杀。可是谁叫你住楼下呢！你乘早不用去请求，住楼上的理直气壮。“哟，我们的孩子会闹？那可奇怪！拉椅子？我们的小孩可就是喜欢拉椅子玩。在楼上踢毽？可不是，小孩还能不玩？”楼上的人都这么和气而且近情近理。你只有一条路，搬家。

搬吧，都调查好了，同楼的小孩少，大人也规矩，你很喜欢。搬过去一看，院里有八条狗！青岛是带洋派的地方，讲究养狗。可是养狗的人想不起去溜溜它们，狗屎全摆在院中。狗名儿都是洋的，什么济美、什么邦走；敢情洋名的狗拉洋屎，也是臭的。济美们还叫呢，要赶上你要睡会儿觉，或是孩子刚睡着，人家才叫得凶呢。

还得搬哪！这回可好，没有小孩，也没有狗。早晨七点来钟，人家唱上了。青岛的京戏最时兴。早晨唱过了，那敢情不过是喊喊嗓子。大轴子是在晚上，胡琴拉着，生末净旦丑俱全，唱开了没头儿。唱得好听的自然不是没有哇；叫人想自杀的也不少。你怎办？还得搬家。

搬一回家，要安一回灯，挂一回帘子；洋房吗。搬一回家，要到公司报一回灯，报一回水，洋派吗。搬一回家，要损失一些东西，损失一些钱，洋罪吗。

好房子有哇，也得住得起呀。算了吧，房子够了。

带洋字的，还就是洋车好，干净，雨布风帘也齐全；可就是贵。一上车就是一毛钱，稍微远那么一点就得两毛。我的办法是不坐。这有点对不起“车友”们，可是有什么办法呢？自行车也不好骑，净是山路，坡得要命。最好是坐汽车，其次就是走，据我看。汽车呢，连那个喇叭咱也买不起；即使勉强的买个喇叭，不是还得自己走路；干脆，咱走就是了。青岛的空气却是不坏，可惜脚受点委屈！

关于食，没有什么可说的。饭馆子不少，中菜西菜都有。价钱都可以的，所以咱还是消极抵抗，不吃。自己家里做菜倒不贵，鱼虾现成，而且新鲜。别的肉类菜蔬也说不上贵来；吃饱了拉倒，这倒好办。馋了呢？活该！

穿，随便。青年人多数穿洋服，也很有些穿得很讲究的。咱向来不讲究穿，给它个不在乎。这占了已结婚的便宜。设若正在“追求”期间，我想我也得多一份洋罪。不穿洋服，可是我天天刮胡子，这一来是耍洋派，二来表示我并不完全不怕太太。完全不怕太太的人不易发财，真的！

说到了玩，此地没有什么游艺场。此地根本是个避暑的所在，成年价在这儿住，当然是别扭。京戏偶尔来几个名角，戏价总要两三块，咱犯不上去。平日呢，老有蹦蹦戏，听着又不过瘾。电影院有几处，夏天才来好片子；冬天只是对付事儿，我假装的避宿，赶到惊蛰再去，也还不迟。公园真好，道路真好，海岸真好，遇上晴天我便去走，既不用花钱，而且接近了自然。在别方面受的罪，由这个享受补过来，这叫做穷欢喜。

总起来说，青岛不是个坏地方，官员们也真卖力气建设。所谓洋罪，是我的毛病，穷。假若我一旦发了财，我必定很喜欢这里。等着吧，反正咱不能穷一辈子。

原载 1935 年 3 月 1 日《论语》第 60 期。

西红柿

所谓番茄炒虾仁的番茄，在北平原叫作西红柿，在山东各处则名为洋柿子，或红柿子。想当年我还梳小辫，系红头绳的时候，西红柿还没有番茄这点威风。它的价值，在那不文明的时代，不过与“赤包儿”相等，给小孩子们拿着玩玩而已。大家作“娶姑娘扮姐姐”玩耍的时节，要在小板凳上摆起几个红胖发亮的西红柿，当作喜筵，实在漂亮。可是，它的价值只是这么点，而且连这一点还不十分稳定，至于在大小饭铺里，它是完全没有份儿的。这种东西，特别是在叶子上，有些不得人心的臭味——按北平的话说，这叫作“青气味儿”。所谓“青气味儿”，就是草木发出来的那种不好闻的味道，如楮树叶儿和一些青草，都是有此气味的。可怜的西红柿，果实是那么鲜丽，而被这个味儿给累住，像个有狐臭的美人。不要说是吃，就是当“花儿”看，它也是没有“凉水茄”，“番椒”等那种可以与美人蕉，翠雀儿等草花同在街上售卖的资格。小孩儿拿它玩耍，仿佛也是出于不得已；这种玩艺儿好玩不好吃，不像落花生或枣子那样可以“吃玩两便”。其实呢，西红柿的味道并不像它的叶子那么臭恶，而且不比臭豆腐难吃，可是那股青气味儿到底要了它的命。除了这点味道，恐怕它的失败在于它那点四不像的劲儿：拿它当果子看待，它甜不如果，脆不如瓜；拿它当菜吃，煮熟之后屁味没有，稀松一堆，没点“嚼头”；它最宜生吃，可是那股味儿，不果不瓜不菜，亦可以休矣！

西红柿转运是在近些年，“番茄”居然上了菜单，由英法大菜馆而渐渐侵入中国饭铺，连山东馆子也要报一报“番茄虾银（仁）儿”！文化的侵略哟，门牙也挡不住呀！可是细一看呢，饭馆里的番茄这个与那个，大概都是加上了点番茄汁儿，粉红怪可看，且不难吃；至于整个的鲜番茄，还没多少人肯大嘴的啃。肯生吞它的，或者还得算留过洋的人们和他们的儿女，到底他们的洋味地道些。近来西医宣传西红柿里含有维他命 A 至 W，可是必须生吃，这倒有点别扭。不过呢，国人是注意延年益寿，滋阴补肾的东西，或者这点青气味儿也不难于习惯下来的；假如国医再给证明一下：番茄加鹿茸可以壮阳种子，我想它的前途正自未可限量咧。

原载 1935 年 7 月 14 日《青岛民报·避暑录话》第 1 期。

再谈西红柿

因为字数的限制，上期讲西红柿未能讲到“人生于世”，或西红柿与二次世界大战的关系，故须再谈。不过呢，这次还是有字数的限制，能否把西红柿与人生于世二者之间的“然而一大转”转过来，还没十分的把握。由再谈而三谈也是很可能的，文章必须“作”也。这次“再谈”，顶好先定妥范围，以便思想集中，而免贪多嚼不烂，“人生于世”且到后帐歇息为妙。

《避暑录话》里的话，本当于青岛有关系；再谈西红柿少不得“人生于青岛”，即使暂时不谈“人生于世”。话不落空，即是范围妥定，文章义法不能不讲究。

青岛是富有洋味的地方，洋人洋房洋服洋药洋葱洋蒜，一应俱全。海边上看洋光眼子，亦甚写意。这就应当来到西红柿身上，此洋菜也。

记得前些年，北平的“农事试验场”——种了不少西红柿；每当夏季，天天早晨大挑子的往东城挑，为是卖给东交民巷一带等处的洋人，据说是很赚钱。青岛的洋人既不少，而且洋派的中国人也甚多，这就难怪到处看见西红柿。设若以这种“菜”的量数测定欧化的程度深浅，青岛当然远胜于北平。由这个线索往下看，青岛的菜市就显出与众不同，西红柿而外，还有许多洋玩艺儿呢。这些洋东西之中，像洋樱桃，杨梅等，自然已经不很刺眼，正如冰激凌已不像前些年那样冰舌头。至于什么 rhubarb（菜用大黄叶梗）咧，什么 gooseberry（醋栗）咧，和冬瓜茄子一块儿摆着，不知怎的就有点不得劲儿。我还没看见过中国人买它们，也不晓得它们是否有个中国名儿，cheese（奶酪）也是常见的，那点洋臭味儿又非西红柿可比。可是，我倒看见了中国人——决不是洋厨师傅——买它，足见欧美的臭东西也便可贵——价钱并不贱呢。吃洋臭豆腐而鄙视山东瓜子与大蒜的人，大概也会不在少数，这年头儿，设若非洋化不足以强国，从饮食上，我倒得拥护西红柿，一来是味邪而不臭，二来是一毛钱可以买一堆，三来是真有养分，虽洋化而不受洋罪。烙饼卷 cheese，哼，请吧；油条小米粥，好吃的多！您就是说我不够洋派，我也不敢挑眼。

原载 1935 年 7 月 21 日《青岛民报·避暑录话》第 2 期。

檀香扇

中华民族是好是坏，一言难尽，顶好不提。我们“老”，这说着似乎不至有人挑眼，而且在事实上也许是正确的。科学家在中国不大容易找饭吃，科学家的话也每每招咱们头疼；因此，我自幸不是个科学家，也不爱说带定律味儿的话。“革命”就是“劫数”，美国总统也请人相面，说着都另有股子劲儿，和包文正《打龙袍》一样能讨咱们喜欢。谈到民族老不老的问题，自然也不便刨根问底，最好先点头咂嘴，横打鼻梁：“我们老得多；你们是孙子！”于是，即使祖父被孙子揍了，到底孙子是年幼无知；爽性来个宽宏大量，连忤逆也不去告。这叫作“劲儿”。明白这点劲儿，莫谈国事乃更见通达。

您就拿看电影说吧，总得算洋派儿。可是赶上邻座是洋人，您就觉得有点不得劲；洋派儿和洋人到底是两回事，无论您的洋服多么讲究，反正赶不上洋人地道。您有点气馁，不是不能不设法捧自己的场，于是您就那么一比较：啊，原来洋人身上，甚至于连手上，都有长长的毛；有时候洋人老太太带着小胡子嘴儿。野人。那么也就是孙子了。您吐一口气，摸摸自己的手，光润无毛，文明得厉害。

夏天到电影院去，更怕遇见“洋”她们。她们穿得很少很薄，白白的脖儿，胖胖的臂，原有个看头儿。可是您的鼻子受了委屈，香水味里裹着一股像臭豆腐加汽水的味儿，又臭又辣，使您恶心。不论好莱坞的女明星怎么美妙，您从此大概不会再想娶洋姨太太。民族老幼不可同日而语，香臭也会使人们决定“东是东，西是西”，没法儿调和，只好掩鼻而过。

“铁展”救了我一命。那天我去看《块肉余生》，左边坐着位重三百磅的洋太太，右边坐着三位洋姑娘——体重差一些，可是三位呢。左右逢源，自制的氯气阵阵加紧。我知道是要坏；我不能堵上鼻看电影：堵得太严，满有死去的希望；不堵呢，大概比死去还难受，感谢“铁展”！我手中拿着前一天刚买来的檀香扇！看完电影，我念念有词，作了两句标语：

“老民族是香的！中华万岁！”

“檀香扇打倒帝国主义！”

原载1935年8月11日《青岛民报·避暑录话》第5期。

钢笔与粉笔

钢笔头已生了锈，因为粉笔老不离手。拿粉笔不是个好营生，自误误人是良心话，而良心扭不过薪水去。钢笔多么有意思：黑黑的管，尖尖的头，既没粉末，又不累手。想不起字来，沾沾墨水，或虚画几个小圈；如在灯下，笔影落纸上似一烛苗。想起来了，刷刷写下去，笔道圆，笔尖儿滑，得心应手，如蜻蜓点水，轻巧健丽。写成一气，心眼俱亮，急点上香烟一枝，意思冉潮，笔尖再动，忙而没错儿，心在纸上，纸滑如油，乐胜于溜冰。就冲这点乐趣，好像为文艺而牺牲就值得，至少也对得起钢笔。

钢笔头下什么都有。要哭它便有泪，要乐它就会笑，要远远在天边，要美美如雪后的北平或春雨中的西湖。它一声不出，可是能代达一切的感情欲望，而且不慌不忙，刚完一件再办一件；笔尖老那么湿润润的，如美人的唇。

可是，我只能拿粉笔！特别是这半年，因这半年特别的忙。可以说是一个字没有写，这半年！毛病是在哪里呢？钢笔有一个缺点，一个很大的缺点。它——不——能——生——钱！我只瞪着眼看它生锈，它既救不了我，我也救不了它。它不单喝墨水，也喝脑汁与血。供给它血的得先造血，而血是钱变的。我喂不起它呀！粉笔比它强，我喂它，它也喂我。钢笔不能这个。虽然它是那么可爱与聪明。它的行市是三块钱一千字，得写得好，快，应时当令，而且不激烈，恰好立于革命与不革命之间，政治与三角恋爱之外，还得不马上等着钱用。它得知道怎样小心，得会没墨水也能写出字，而且写得高明伟大；它应会办的事太多了，它的报酬可只是三块钱一千字与比三块钱还多一些的臭骂。

钢笔是多么可爱的东西呢，同时又是多么受气的玩艺啊！因为钢笔是这样，那么写东西不写也就没什么关系了。任它生锈，我且拿粉笔找黑板去者！

原载1935年12月15日天津《益世报·益世小品》第38期。

鬼与狐

我所见过的鬼都是鼻眼俱全，带着腿儿，白天在街上蹓跶的。夜间出来活动的鬼，还未曾遇到过；不是他们的过错，而是因为我不敢走黑道儿。平均的说，我总是晚上九点后十点前睡觉，鬼们还未曾出来；一睁眼就又天亮了，据说鬼们是在鸡鸣以前回家休息的。所以我老与鬼们两不照面，向无交往。即使有时候鬼在半夜扒着窗户看看我，我向来是睡得如死狗一般，大概他们也不大好意思惊动我。据我推测，鬼的拿手戏是在吓唬人；那么，我夜间不醒，他也就没办法。就是他想一口冷气把我吹死，到底未能先使我的头发立起如刺猬的样子，他大概是不会过瘾的。

假若黑夜的鬼可以躲避，白天的鬼倒真没法儿防备。我不能白天也老睡觉。只要我一上街，总得遇上他。有时候在家中静坐，他会找上门来。夜里的鬼并不这样讨人嫌。还有呢，夜间的鬼有种种奇装异服与怪脸面，使人一见就知道鬼来了，如披散着头发，吐着舌头，走道儿没声音，和驾着阴风等等。这些特异的标帜使人先有个准备，能打呢就和他开仗，如若个子太高或样子太可怕呢，咱就给他表演个二百米或一英里竞走，虽然他也许打破我的纪录，而跑到前面去，可是到底我有个希望。白天的鬼，哼，比夜间的要厉害着多少倍，简直不知多少倍。第一，他不吐舌头，也不打旋风；他只在你不留神的时候，脚底下一绊，你准得躺下。他的样子一点也不见得比我难看，十之八九是胖胖的，一肚子鬼胎。他要能吓唬你，自然是见面就"虎"一气了；可是一般的说，他不"虎"，而是嬉皮笑脸的讨人喜欢，等你中了他的计策之后，你才觉出他比棺材板还硬还凉。他与夜鬼的分别是这样：夜鬼拿人当人待，他至多不过希望拉个替身；白日鬼根本不拿人当人，你只是他的诡计中的一个环节，你永远逃不出他的圈儿。夜鬼大概多少有点委屈，所以白脸红舌头的出出恶气，这情有可原。白日鬼什么委屈也没有，他干脆要占别人的便宜。夜鬼不讲什么道德，因为他晓得自己是鬼；白日鬼很讲道德，嘴里讲，心里是男盗女娼一应俱全。更厉害的是他比夜鬼的心眼多，他知道怎样有组织，用大家的势力摆下迷魂大阵，把他所要收拾的一一的捉进阵去。在夜鬼的历史里，很少有大头鬼、吊死鬼等等联合起来作大规模运动的。白日鬼可就两样了，他们永远有团体，有计划，使你躲开这个，躲不开那个，早晚得落在他们的手中。夜鬼因为势力孤单，他知道怎样不专凭势力，而有时也去找个清官，如包老爷之流，诉诉委屈，而从法律上雪冤报仇。白日鬼不讲这一套，世上的包老爷多数死在他们的手里，更不用说别人了。这种鬼的存在似乎专为害人，就是害不死人，也把人气死。他们什么也晓得，只是不晓得怎样不讨厌。他们的心眼很复杂，很快，很柔软——像块皮糖似的怎揉怎合适，怎方便怎去。他们没有半点火气，地道的纯阴，心凉得像块冰似的，口中叼着大吕宋烟。

这种无处无时不讨厌的鬼似乎该有个名称，我想“不知死的鬼”就很恰当。这种鬼虽具有人形，而心肺则似乎不与人心人肺的标本一样。他在顶小的利益上看出天大的甜头，在极黑暗的地方看出美，找到享乐。他吃，他唱，他交媾，他不知道死。这种玩艺们把世界弄成了鬼的世界，有地狱的黑暗，而无其严肃。

鬼之外，应当说到狐。在狐的历史里，似乎女权很高，千年白狐总是变成妖艳的小娘子——可惜就是有时候露出点小尾巴。虽然有时候狐也变成白发老翁，可是究竟是老翁，少壮的男狐精就不大听说。因此，鬼若是可怕，狐便可怕而又可喜，往往使人舍不得她。她浪漫。

因为浪漫，狐似乎有点傻气，至少比“不知死的鬼”傻多了。修炼了千年或更长的时间才能化为人形，不刻苦的继续下工夫，却偏偏为爱情而牺牲，以至被张天师的张手雷打个粉碎，其愚不可及也。况且所爱的往往不是有汽车高楼的痴胖子，而是风流年少的穷书生；这太不上算了，要按着世上女鬼的逻辑说。

狐的手段也不高明。对于得罪他们的人，只会给饭锅里扔把沙子，或把茶壶茶碗放在厕所里去。这种办法太幼稚，只能恼人而不叫人真怕他们。于是人们请来高僧或捉妖的老道，门前挂上符咒，老少狐仙便即刻搬家。在这一点上，狐远不及鬼，更不及白日的鬼。鬼会在半夜三更叫唤几声，就把人吓得藏在被窝里出白毛汗，至少得烧点纸钱安慰安慰冤魂。至于那白日鬼就更厉害了，他会不动声色的，跟你一块吃喝的工夫，把你送到阴间去，到了阴间你还不知道是怎回事呢。

我以为说鬼说狐的故事与文艺大概多数的是为造成一种恐怖，故意的供给一种人为的哆嗦，好使心中空洞的人有些一想就颤抖的东西——神经的冷水浴。在这个目的以外，也许还有时候含着点教训，如鬼狐的报恩等等。不论是怎样吧，写这样故事的人大概都是为避免着人事，因为人事中的阴险诡诈远非鬼所能及；鬼的能力与心计太有限了，所以鬼事倒比较的容易写一些。至于鬼狐报恩一类的事，也许是求之人世而不可得，乃转而求诸鬼狐吧。

原载1936年7月1日《论语》第91期。

相片

在今日的文化里，相片的重要几乎胜过了音乐、图画与雕刻等等。在一个摩登的家庭里，没有留声机，没有名人字画，没有石的或铜的刻像，似乎还可以下得去；设若没几张相片，或一二相片本子，简直没法活下去！不用说是一个家庭，就是铺户、旅馆、火车站、学生宿舍，没有相片就都不像一回事。电车上“谨防扒手”的下面要是没有几片四寸的半身照相，就一定显着空洞。水手们身上要是不带着几张最写实不过的妖精打架二寸艺术照相，恐怕海上的生活就要加倍难堪了。想想看，一个设备很完全的学校，而没有年刊或同学录，一个政府机关里而没有些张窄长的这个全体与那个周年的相片！至于报纸与杂志，哼，就是把高尔基的相误注为托尔斯泰的，也比空空如也强！投考、领护照、定婚、结婚、拜盟兄弟，哪一样可以没有相片？即使你天生来的反对照相，你也得去照；不然，你就连学校也不要入，连人人也不用娶，你乘早儿不用犯这个牛脖子——“请笑一点”，你笑就是了。儿童、妇女、国货、航空，都有“年”。年，究竟是年，今年甲子，明年乙丑，过去就完事；至于照相，这个世纪整个的是“照相世纪”；想想，你逃得出去吗？

还是先说家庭吧。比如你的屋中挂着名家的字画，还有些古玩，雅是雅了，可是第一你就得防贼，门上加双锁，窗上加铁栅，连这样，夜间有个风声草动，你还得咳嗽几声；设若是明火，进来十几位蒙面的好汉，大概你连咳嗽也不敢了。这何苦呢？相片就没这种危险，谁也不会把你父亲的相偷去当他的爸爸，这不是实话么？

就满打没这个危险，艺术作品或古玩也远不及相片的亲切与雅俗共赏。一张名画，在普通的人眼中还不如理发馆壁上所悬的“五福临门”，而你的朋友亲戚不见得没有普通人。你夸奖你的名画，他说看不上眼，岂不就得打吵子？相片人人能看得懂，而且就是照得不见佳也会有人夸好。比如令尊的相片加了漆金框悬在墙上，多么笨的人也不会当着你的面儿说：“令尊这个相还不如五福临门好看！”绝对不会。即使那个相真不好看，人家也得说：“老爷子福相，福相！”至不济，也会夸奖句：“框子配得真好！”

以此类推，尊家自己，尊夫人，令郎令嫒，都有相片，都能得到好评，这够多么快活呢？！况且相片遮丑，尊家面上的麻子，与尊夫人脸上的小沙漠似的雀斑，都不至于照上；你自己看着起劲，朋友们也不必会问：“照片上怎么忘掉你的麻子？”站在一张图画前面，不管懂与否，谁都想批评批评，为表示自己高明，当着一个人，谁也不愿对他的面貌发表意见；看相片也是如此。

有相片就有话说，不至于宾主对愣着。

“这是大少爷吧？”

“可不是！上美国读书去了。”

“近来有信吧？”

打这儿，就由大少爷谈到美国，又由美国谈回来，碰巧了就二反投唐再谈回美国去，话是越说越多，而且可以指点着相片而谈，有诗为证：句句是真，交情乃厚。

最好是有一二相片本子。提到大少爷，马上拿出本子来：

“这是他满月时候照的，他生在福州，那时先严正在福州做官。”话又远去了，足够写三四本书的。假若没有这可宝贵的本子，你怎好意思突乎其来的说：先严在福州做过官？而使朋友吓一跳，当是你的脑子有毛病。

遇上两位话不投缘，而屡有冲突起来的危险的客人，相片本子——顶好是有两本——真是无价之宝。一看两位的眼神不对，你应当很自然的一人递给一本。他们正在，比如说，为袁世凯是否伟人而要瞪眼的时候，你把大少爷生在福州，和二小姐已经定婚的照片翻开，指示给他们。他们一个看福州生的胖小子，一个看将要成为新娘子的二小姐，自然思想换了地方，一人问你一套话，而袁世凯或者不成为问题了。要不然，这个有很大的危险。假若你没有相片本子，而二位抓住袁世凯不撒手，你要往折中里一说，说二位各有各的理，他们一定都冲着你来了；寡不敌众，你没调停好，还弄一鼻子灰。你要是向着一边说话，不用说，那就非得罪一边不可，也许因此而飞起茶碗——在你家里，茶碗自然是你的。你要是一声不出，听着他们吵，赶到彼此已说无可说而又不想打架的时候，他们就会都抱怨你不像个朋友。你若是不分青红皂白而把客人一齐逐出去，那就更糟，他们也许在你的门口吵嚷一阵，而同声的骂你不懂交情。总之，你非预备两个本子不可！

赶到朋友多的时候，你只有一张嘴，无论如何也应酬不过来，相片本子可以替你招待客人。找那不爱说话的，和那顶爱说话的，把本子送过去；那位一声不出的可以不至死板板的坐在那里，那位包办说话的也不好再转着弯儿接四面八方的话。把这两极端安置好，你便可以从容对付那些中庸的客人了。这比茶点果子都更有效。爱说话的人，宁可牺牲了点心，也不放弃说话。至于茶，就更不挡事；爱说话的人会一劲儿的说，直等茶凉了，一口灌下去，赶紧接着再说。果子也不行，有人不喜欢吃凉的，让到了他，他还许摆出些谱儿来："一向不大动凉的，不过偶尔的吃一个半个的，假如有玫瑰香葡萄之类！"你听，他是挖苦你没预备好果子。相片本子既比茶点省钱，又不至被人拒绝，大概谁也不会说，"一向讨厌看相片！"

相片里有许多人生的姿体，打开一本照相，你可以有许多带着感情的话。假若你现在的事由不如从前了，看着相片，你可以对友人说："这是前十年的了，那时候还不像这么狼狈！”这种牢骚是哀而不伤的，因为现在狼狈，并不能抹杀过去的光荣，回忆永是甜美的，对于兄弟儿女，都能起这种柔善的感情："看，这是当年的老六，多么体面，谁能想到他会……"你虽然依旧恨着老六，可是看着当年的照片，你到底想要原谅他。看着相片说些富有感情的话，你自己痛快，别人听着也够味儿。设若你会作诗的话，顶好在相片边题上些小诗，就更见出人生的味道。

不过，有些相片是不好摆进本子去的，你应当留神。歪戴帽或弄鬼脸的，甚至于扮成十三妹的相片，都可以贴上，因为这足以表示你颇天真，虽然你在平日是个完全的君子人，可是心田活泼泼的，也能像孩子般的淘气，这更见英雄的本色。至于背着尊夫人所接到的女友小照，似乎就不必公开的展览。爽直是可贵的，可是也得有个分寸。这个，你自然晓得；不过，我更嘱咐你一句：这类的相片就是藏起来也得要十分的严密，太太们对这种玩艺是特别注意的。

原载 1936 年 9 月 5 日《逸经》第 13 期。

闲话

妇女有妇女的聪明与本事，用不着我来操心替她们计划什么。再说呢，我这人刚直有余，聪明可差点，给男友作参谋，已往往欠妥；自己根本不是女子，给她们出主意，更非失败不可。所以我一向不谈什么妇女问题；反之，有了难事，便常开个家庭会议，问策于母亲、姐姐，和太太。每开一次家庭会议，我就觉出男女的观点是怎样的不同，而想到凡事都须征求男女的意见，才能有妥善的办法。这倒不是谁比谁高明的问题，而是男女各有各的看法，明白了这种看法的不同，才能互相了解，于事有益。往小里说，一家中能各抒所见，管保少吵几次嘴；往大里说，一国中男女公民都有机会开口，政治一定良好，至少是不偏不倚，乾坤定矣。

所以今天我要对妇女讲几句话，并不强迫那位女士一定相信我这一套，而是愿意说出我的看法，也许可以作个参考。

我所要说的不是恋爱问题，因为我看恋爱问题是个最普遍而花哨的问题，写几本书也说不完全，不说一声也可以。我要说点更实际的切近的，不是什么主义，而是一点老实话。

恋爱是梦，最好的希望都在这个梦中。结婚以后，最好的希望像雪似的逐渐消释，梦也就醒过来，原来男女并不是一对天使，而是睁开眼得先顾油盐酱醋——两夫妇早晨煮鸡子吃，因为没有盐，很可以就此开打，而且可以打得很热闹。

谁能想到，当初一天发三封情书，到而今会为这么点小事而唱起武戏来呢？！可是人生原来如此，理想老和实际相距很远；事实的惊人常使一个理想者瞪眼茫然。婚前婚后是两个世界，隔着千山万水。男女在婚前都答应下彼此须能谅解，可是一到婚后非但不能谅解，而且越来越隔膜，甚至于吵闹打架。原因是在一个是男，一个是女，一切都不相同，怎能处处融洽。据我看，最大的毛病是双方都以爱为中心，而另创起一个世界来；这个世界只有这对男女，与一些可喜的花鸟山水。事实上呢，这个世界也许在蜜月里存在数日，绝不能成本大套的往下延续。过了蜜月，我们还得回到这个老世界来。老世界里，男的有男的一段历史，女的有女的一段历史，并不能因为一结婚而把这段历史一刀两断，与以前的一切不相往来。打算彼此了解，就得在此留神：男女必须承认家庭而外，彼此还都有个社会。

在几十年前，男的打外，女的打内，女的几乎一点管不着男的，除非是特别有本事，说翻了便能和丈夫打一气的。近来，情形可就不同了：男的已知道必尊重女的，女子呢就更明白怎样管束着男的。这本来是个好现象，可是家庭间的争吵与不安往往也就因为这个。我看见不止一次了，太太想尽力去争女权，把丈夫管得笔管一般直顺。哪知道这笔管一旦弯起来，才弯得奇怪！

现在的社会显然是个畸形的，虽然都吵嚷女权，可是女子实在没有得到什么。将来的社会，无疑的，是要平均的发展；一个人就是一个人，不管是男是女。不过，就是到了这个地步，我想男女恐怕是不能完全相同；性的变迁也许比别的都慢一些。用机器孵人已有人想到，倒还没人想使女子长胡子，男人生小孩；方法也许有，可是未免有点多此一举。那么，男女性既不易变，男的多少要比女的野一些，现在如是，将来也如是。真要是给男的都裹上小脚，老老实实的在家里看娃子，何不爽性变成女儿国，而必使男扮女装，抱着小脚哭一场？

所以，妇女们，你们必须知道男子不是个“家畜”，必须给他一些自由。自然，男子也不应当把女子看成家畜，是的；不过现在我们只说女子对男子所应有的了解，就不多说反面了。

我看见许多自居摩登的女子，以为非把男子用绳拴起像哈吧狗似的不足以表现自己的爱与摩登。他的朋友来了，桌上有果子他不敢随便让大家吃，唯恐太太不愿意。到了吃饭的时候，他得看太太的眼神才敢留友人吃饭，或是得到她的允许才能和大家出去吃小馆。朋友既不是瞎子，一回拘束，下次就不敢再来领教。这个，最教男子伤心。男子不能孤家寡人，他必须交友。对朋友，他喜欢大家不客气，桌上有果子拿起就吃，说吃饭大家站起就走。男子的粗野正是他的爽直。他不肯因陪太太而把朋友都冷淡了。家中虽有澡盆，及至朋友约去洗澡堂，他不肯拒绝。其余的事也是如此。就是不为图舒服，他也喜欢和男人们去洗澡看戏吃饭，因为男人在一处可以随便的说笑；有女子参加，他们都感到拘束。这自然一半是因为以前男女没有交际，所以彼此不会大大方方的在一块儿无拘无束的作事或娱乐；可是一半也因为男女的天性不同。在小时候，男孩或女孩占多数的时候，不就可以听到："没有小子玩"或"不跟姑娘们玩"么？男子在婚前就有他的社会；婚后，这个社会还存在。一个朋友也许很不顺眼，可是他是男子的好友，你就不该慢待他。一个结了婚的男子总盼望他的好友太太敬重。这样，他才觉得好友与太太都能了解他，他才真能快乐。

我的一个好友住在天津。每逢我到天津，总是推门就进去；即使他没在家，他的太太也会给我预备好饭食与住处。后来，他的太太死去，他续了弦。我又因事到了天津，照旧推门进去。他在家呢。我约他去吃小馆，他看了看新太太——一位拿男人作家畜的女子。我告辞，他又看了看她，没留我。送我到门口，我看他眼中含着泪。第二天，他找到了我，拉着我的手，他说："你必能原谅我，我知道我不愿意和她翻脸！可是，这样，我也活不下去！什么事没有她，她立刻说我不爱她，变了心。我不愿吵架，我只好作个有妻而没有朋友的人！"

据我的观察，这位太太实在不错。她的毛病是中了电影毒——爱的升华，绝岛艳迹，一口水要吞了他，两撮泥捏成一个……她相信这些，也实行这些，她自以为非常的高明，十二分的摩登。我的朋友出门去，她只给他一块钱带着，为是教他手中无钱，早早回家。不久，我的朋友就死了。

我一点没有意思说她应当完全负杀死他的责任，不过在他临危的时候，他确是说想他的头一位太太。我也一点没有意思说，结过婚的男子应当野调无腔的，把太太放在家里不管，而自已任意的在外瞎胡闹。不是，我所要说的，是男女必须互相信任，互相承认在家庭之外，彼此还都有个社会；谁也不应当拿谁作家畜。妇女是奴隶的时代已经过去了；电影片上，小说中，所形容的男哈吧狗，也过去了。即使以能调练哈吧狗为荣，为摩登的女子真能成功，充其极也不过有个哈吧狗男人而已。

原载1936年9月6日天津《益世报·文艺周》第18期。

投稿

先声明，我并不轻视为投稿而作文章的人，因为我自己便指着投稿挣饭吃。

这，却挡不住我要说的话。投稿者可以就是文艺家，假若他的稿子有文艺的价值。投稿者也许成不了个文艺家，假若他专为投稿而投稿。专为投稿而投稿者，第一要审明刊物的性质，以期一投而中。刊物要什么文章，他便写什么文章，于是他少不得就不懂而假充懂，可以写非洲探险，也可以写家庭常识，而究其实则一无所知。第二要看清刊物所特喜的文字，幽默或严肃，激烈或温柔，随行市而定自己的喜怒哀乐，文字合格恰巧也就是感情的虚晃一刀，并无真实力量。有此二者，事不深知，文字虚浮，乃成毛病。

有志文艺的青年，往往以投稿为练习，东一小篇，西一小篇，留神刊物某某特辑的征文启事，揣摩着某某编辑所喜的风格，结果：东一小篇，西一小篇，都发表出来，而失去自己——连灵魂带文字一齐送给了模仿——投机，这是最吃亏的事。练习是必需的，但是这样以刊物编辑的标准为标准，只能把自己送了礼，而落下了一股子新闻气在笔尖上。编辑只管一个刊物，并非文艺之神，不可不知。

为拿稿费，自然也是投稿的动机之一——连我自己也这样，并不怎么可耻；吃饭本是人生头一件大事。但是越为要钱，便越紧迫着编辑先生们，甚至有时造些谣言以博编辑的欢心及读者的一笑，这便连人格也丢了。

好文章到底是好文章，它总会一鸣惊人，连编辑也没法不打自己的嘴巴。使编辑先生瞪眼的东西而不被录用，那是编辑先生的错儿。使编辑先生搭拉着眼皮去看的东西，就是回回发表出来也没什么光荣。练习你自己的吧，不必管刊物和编辑。你要成一只会高飞的鹰，莫作被抽击才会转动的陀螺。

原载 1937 年 5 月 15 日《北平晨报·风雨谈》。

未成熟的谷粒

一

我最大的苦痛，是我知道的事情太少。使我心里光亮起来的理论，并不能有补于创作——它教给了我怎么说，而没教给我说什么。啊，丰富的生活才是创作的泉源吧？

二

照着批评者的意见去创作，也许只能掉在公式阵中吧？创作饥歉，批评便也瘠瘦；随着瘠瘦的理论去学习，怎能康健呢？还是勇于创作，多方去试验吧！

三

想起来就头疼呀：到底是应当按着民众的教育程度，去撰制宣传文字呢？还是假设民众已经都在大学毕业，而供给高深莫测的作品呢？

四

我时常想写诗，而找不到合适的字。旧诗中的词汇太腐，鼓词旧戏中的词汇好多都欠通；上哪里找足以使我满意，而又使人爱念的字呢？这没有诗的社会啊！

五

艺术都含有宣传性。偏重宣传又被称为八股。怎办好？

六

吸不起香烟了，买来个烟斗，费事，费火柴，又欠干净。发明烟卷的人该死！

七

越忙越写不出东西来，文艺仿佛是“闲而后工”。

八

写通俗的文艺，俗难，俗而有力更难。能作到俗而有力恐怕就是伟大的作品吧？

九

诗的形式太自由了，写完总疑心——是诗吗？戏剧的形式太不自由，写完老不放心——是戏剧吗？还是小说容易像样儿。

十

诗与散文的界限为什么那样不清楚呢？用尽力量写成的几行诗，一转眼便变作散文，颇想自杀！

十一

友人善意的说：你写了不少抗战的文字，为何不写点关于建设的呢？这是好话！然而，哪一项建设不需要许多时日去仔细观察呢？去观察，去学习，谁给饭吃呢？呕，那么，抗战文字必是八股了？惭愧得紧！

十二

写信与开会是两件费时间的事。可是，私心里却极愿接读友人们的信，也愿去到会场和友人们见面谈一谈；这就无法申冤了！

十三

把散文分成短行写出就是诗，虽然没人敢这样主张，可是的确有人这样办了，危险！

十四

生平不讲究吃喝，只爱穿几件整洁的衣服，流亡中，连这点讲究也牺牲了。虽然也没多大的苦痛，可是身上一痒，就疑心是有虱子！

十五

不许小孩子说话，造成不少的家庭小革命者。

十六

想写一本戏，名曰最悲剧的悲剧，里面充满了无耻的笑声。

十七

伟大文艺之所以伟大，自有许多因素，其中必不可缺少的是一股正气，谓之能动天地，泣鬼神，亦非过誉。至若要弄点小聪明，偷偷的骂人几句，虽足快意一时，可是这态度已经十分的卑鄙。

十八

骂人并不是件容易的事。欲骂某人必洞悉其恶。若仅东拉西扯，说些闲白儿，是谓无中生有，罪在造谣，既骂不倒别人，反使自己心脏口臭。

十九

文人相轻是件极自然的事。每个文人都多少有点才气。每个文人在创作的时候都愿把全力用出来。这样，他的辛苦使他没法不自信自傲，看不起别人和不易接受别人的批评，几乎是理当如此。能闯过这由卖力气而自傲的一关，进到虚心大度，才能由自傲而自尊，才能觉得认清自己的毛病，承认自己的短处，正是自策自励所当取的态度——这可不很容易。

二十

哲人的智慧，加上孩子的天真，或者就能成个好作家了。

二十一

中玉来信说，继续研究文学理论。告以整旧难以见新，以新衡旧亦难得当，未若努力介绍新的，使大家多看到一些。

二十二

实际去批判一本书，胜于读批评理论十卷。专凭读书，成不了医生，治文艺批评者或亦类是。

二十三

晚会中，大家朗读新诗，极有趣。新诗读法，尚无规定，亦永难规定，不妨多方面试验。光未然先生有腔调有姿式，将来若有诗剧上演，必用此法。朱铭仙与高兰二先生清楚亲切，宜于警劝激励之作。我自己读诗如说话，取其自然流利，只宜于十数人的晚会中，在广大听众前必定失败。

二十四

无聊的话虽每起于：（一）以甲衡乙；（二）以己度人。前者，譬如说：甲乐善好施，而论者遂讥乙不如甲，不知甲为富翁，而乙乃寒士，怎能相比。后者，自己好名，遂以为稍具名声者必都高视阔步，得意非常，故当责骂以泄自己无名之怨。前者可称为善意的错误，后者卑劣的想象。

二十五

我应当受苦。没有任何专门学识，只凭一点点想象力去乱写胡诌；受苦是当然的惩罚。青年朋友们，别因为算术或外国语不能及格，而想作个写家呀！

二十六

早晨吃豆浆与油条也须花两角多了！自元旦起，废止朝食。空着肚皮写作，脑子似乎倒更清楚。和尚们有每日只进一餐的。由写家而出家，照现在的情形看来，倒许是条顺路。

原载 1940 年 2 月 5、9、14 日《新蜀报·蜀道》第 36、39、44 期。

外行话

不知道为什么，中国内地的人民不会跳舞。因为不跳，歌谣音乐也就贫乏。礼乐之邦，于是，就很寂寞。噉，我明白了：恐怕“礼教之邦”一语比“礼乐之邦”还更切实吧。既讲礼教，则男女理应有别；杂在一处且歌且舞，当然是行不通的。

我不晓得是否应当提倡跳舞，因为我还不敢公然倡议打倒礼教。而且，民间的跳舞仿佛是与生活分不开的，设若在不需要舞蹈的，或本无舞蹈的社会里，硬插杠的去教大家非跳不可，似乎不易办到，而且也有点滑稽。

对表现主义，或什么主义的舞踊，我根本不懂，从国人根本不舞这一点看来呢，我觉得，有人热心的舞给大家看，倒也不错；不过，大家看而不舞，总难免有“与我无关”之感。这绝不是反对舞台上的舞踊表演，对于如何使人民生活活跃一些，非常的关心。

原载1941年6月6日重庆《国民公报》“新舞踊特刊”。

我呢？

我怕读自己的作品。愧悔吗？也许有一点。但是我知道，我心中还有一点什么，一点比愧悔之感要大着许多倍的什么，一点有关于生命的什么，我不愿找出它的名儿来！假若非明白的呼唤出不可呀，哎，它的名儿即使不应当叫作“恐怖”，大概也相差不远了！

不管我写的是什么，不管我写的是哪一些老幼男女，我自己总会也在其中的。更清楚一点的说吧：无论怎样冷静的去观察，客观的去描写，写作时的精力，心境，与感情总是我自己的。我在我的书中，正如同铅字印在纸上那么明显。拿起一本自己的十年前，或者五年前的作品，我便又看到自己的想像的果实。可是，我找不到了自己——这是我写过的吗？那个时候的我到哪里去了呢？

我的想像的果实们，不管是美，还是丑，不管是好，还是坏，只要我那本书存在，它们便存在，而且永远不变！我教他们年轻，他们便永久年轻；我教他们玩赏着玫瑰，他们便永远感到香美。再过几年，我的书也许被人忘记而死去，但是只要在什么一个僻静的角落还偶然的存摆着一本，我的老幼男女们就还照样的，啼笑悲欢。他们从一离开笔尖便得到了永生。

可是，我自己怎样呢？我教别人活在文字中，而自己却天天在埋葬自己，每天的太阳必埋葬在西山后面。随着落日，我又老了一天！我的理想，我的感情，我的精力，都消耗在纸笔之间；那里有美的人，美的景，而我却一天比一天的老丑！

谁知道上帝创造宇宙的时候，是快活，还是悲哀呢？世界是多么美丽啊，连日月星辰都随着拍节——那最调和的拍节——旋动，连花草都一起一落的献出不同的颜色，那永久不灭的颜色。上帝自己呢？他自己得到了什么呢？恐怕是空虚与无聊吧？

谁比得了上帝呢？他既然不会死，他自然有法子消遣岁月。人呢？假若上帝是人，他必定恐怖——美丽，生命，都是他计划出来的，他自己却只落了一部白胡须！我怕读自己的作品。

原载 1942 年 3 月 20 日《文坛》创刊号。

自传难写

自古道：今儿个晚上脱了鞋，不知明日穿不穿；天有不测的风云啊！为留名千古，似应早早写下自传；自己不传，而等别人偏劳，谈何容易！以我自己说吧，眼看就快四十了，万一在最近的将来有个山高水远，还没写下自传，岂不是大大的一个缺憾？！

可是，说起来就有点难受。自传不难哪，自要有好材料。材料好办；"好材料"，哼，难！自传的头一章是不是应当叙说家庭族系等等？自然是。人由何处生，水从哪儿来，总得说个分明。依写传的惯例说，得略述五千年前的祖宗是纯粹"国种"，然后详道上三辈的官衔，功德，与著作。至少也得来个"清封大夫"的父亲，与"出自名门"的母亲。没有这么适合体裁的双亲，写出去岂不叫人笑掉门牙！您看，这一招儿就把咱撅个对头弯；咱没有这种父母，而且准知道五千年前的祖宗不见得比我高明。好意思大书特书"清封普罗大夫”，与“出自不名之门”么？就是有这个勇气，也危险呀：普罗大夫之子共党耳，推出斩首，岂不糟了？！英雄不怕出身低，可也得先变成英雄啊。汉刘邦是小小的亭长，淮阴侯也讨过饭吃，可是人家都成了英雄，自然有人捧场喝彩。咱是不是英雄？对镜审查，不大像！

自传的头一章根本没着落。

再说第二章吧。这儿应说怎么降生：怎么在胎中多住了三个多月，怎么产房里闹妖精，怎么天上落星星，怎么生下来啼声如豹，怎么左手拿着块现洋……我细问过母亲，这些事一概没有。母亲只说：生下来奶不足，常贴吃糕干　所以到如今还有时候一阵阵的发糊涂。

第二章又可以休矣。

第三章得说幼年入学的光景喽。“幼怀大志，寡言笑，囊萤刺股……”这多么好听！可是咱呢，不记得有过大志，而是见别人吃糖馅烧饼就馋得慌——到如今也没完全改掉。逃学的事倒不常干。而挨手板与罚跪说起来似乎并不光荣。第三章，即使勉强写出，也不体面。

没有前三章，只好由第四章写了，先不管有这样的书没有。这一章应写青春时期。更难下笔。假如专为泄气，又何必自传；当然得吹腾着点儿。事情就奇怪，想吹都吹不起来。人家牛顿先生看苹果落地就想起那么多典故来，我看见苹果落地——不，不等它落地就摘下来往嘴里送。青春时期如此，现在也没长进多少，不但没作过惊天动地的事，而且没有存过惊天动地的心。偶尔大喊一声，天并不惊；跺地两脚，地也不动。第四章又是糖心的炸弹，没响儿！

以下就不用说了，伤心！

自传呢，下世再说。好在马上为善，或者还不太晚，多积点阴功，下辈子咱也生在贵族之家，专是自传的第一章就能写八万字。气死无数小布尔乔亚。等着吧，这个事是急不得的。

原载1934年1月《大众画报》第3期。

《赶集》序

这里的“赶集”不是逢一四七或二五八到集上去卖两只鸡或买二斗米的意思，不是；这是说这本集子里的十几篇东西都是赶出来的。几句话就足以说明这个：我本来不大写短篇小说，因为不会。可是自从沪战后，刊物增多，各处找我写文章；既蒙赏脸，怎好不捧场？同时写几个长篇，自然是作不到的，于是由靠背戏改唱短打。这么一来，快信便接得更多：“既肯写短篇了，还有什么说的？写吧，伙计！三天的工夫还赶不出五千字来？少点也行啊！无论怎着吧，赶一篇，要快！”话说得很“自己”，我也就不好意思，于是天昏地暗，胡扯一番；明知写得不成东西，还没法不硬着头皮干。到如今居然凑成这么一小堆堆了！

设若我要是不教书，或者这些篇还不至于这么糟，至少是在文字上。可是我得教书，白天的工夫都花费在学校里，只能在晚间来胡扯；扯到哪儿算哪儿，没办法！

现在要出集了，本当给这堆小鬼一一修饰打扮一番；哼，哪有那个工夫！随它们去吧；它们没出息，日后自会受淘汰；我不拿它们当宝贝儿，也不便把它们都勒死。就是这个主意！

排列的次序是依着写成的先后。设若后边的比前边的好一点，那总算狗急跳墙，居然跳过去了。说真的，这种“歪打正着”的办法，能得一两个虎头虎脑的家伙就得念佛！

蒙载过这些篇的杂志们允许我把它们收入这本里，十分的感激！

老舍　一九三四年，二月一日，济南。

原载《赶集》，1934 年 9 月 20 日良友图书印刷公司初版。

《老舍幽默诗文集》序

不断的有人问我：什么是幽默？我不是美国的幽默学博士，所以回答不出。

可是从实际上看，也能看出一点意思来，虽然不见得正确，但“有此一说”也就不坏。有人这么说：“幽默就是讽刺，讽刺是大不该当；所以幽默的文字该禁止，而写这样文字的人该杀头。”这很有理。杀头是好玩的事。被杀者自然也许觉到点痛苦，可是死后或者也就没什么了。所以说，这很有理。

也有人这么说：“幽默是将来世界大战的总因；往小处说，至少是文艺的致命伤。”这也很有理。凡是一句话，就有些道理，故此语也有理。

可是有位朋友，大概因为是朋友，这么告诉我：“幽默就是开心，如电影中的胖哈台与瘦劳莱，如国剧中的《打沙锅》与《瞎子逛灯》，都是使人开心的玩艺。笑为化食糖，所以幽默也不无价值。”这很有理，因为我自己也爱看胖哈合与瘦劳莱。

另一位朋友——他去年借了五十块钱去，至今没还给我——说：“幽默就是讨厌，贫嘴恶舌，和说‘相声’的一样下贱！”这很有理。不过我打算告诉他：“五十块钱不要了。”这也许能使他换换口气。可是这未必实现；那么，我得说他有理；不然，他更不愿还债了。万一我明天急需五十元钱呢？无论怎样吧，不得罪人为妙。

这些都很有理。只有王二哥说的使我怀疑。他是喝过不少墨水的人，一肚子莎士比亚与李太白。他说：“幽默是伟大文艺的一特征。”我不敢深信这句话，虽然也觉得怪有理。

更有位学生，不知由哪里听来这么一句：“幽默是种人生的态度，是种宽宏大度的表现。”他问我这对不对。我自然说，这很有理了。学生到底是学生，他往下死钉，“为什么很有理呢？”我想了半天才答出来：“为什么没有理呢？”

以上各家之说，都是近一二年来我实际听到的，按公说公有理，婆说婆有理的公式，大家都对——说谁不对，谁也瞪眼，不是吗？

此外我还见到一些理论的介绍，什么西班牙的某人对幽默的解释，什么东班牙的某太太对幽默的研究，……也都很有理；西班牙人说的还能没理么？

我保管你能明白了何为幽默，假如你把上面提到那些说法仔细琢磨一下。设若你还不明白，那么，不客气的说，你真和我一样的胡涂了。

说起“胡涂”来，我近几日非常的高兴，因为在某画报上看见一段文字——题目是《老舍》，里边有这么两句：“听说他的性情非常胡涂，抽经抽得很厉害。从他的作品看来，说他性情胡涂，也许是很对的。”“抽经”的“经”字或者是个错字，我不记得曾抽过《书经》或《易经》。至于“性情非常胡涂”，在这个年月，是很不易得的夸赞。在如今文明的世界，朋友见面有几个不是“嘴里说好话，脚底下使绊儿”的？彼此不都是暗伸大指，嫉羡对方的精明，而自己拉好架式，以便随时还个“窝里发炮”么？而我居然落了个“非常胡涂”，我大概是要走好运了！

有了这段胡涂论，就省了许多的麻烦。是这么回事；人们不但问我，什么是幽默；而且进一步的问：你怎么写的那些诗文？

你为什么写它们？谁教给你的？你只是文字幽默呢，还是连行为也幽默呢？我没法回答这些问题，可是也没法子只说“你问的很有理”，而无下回分解。现在我有了办法：“这些所谓的幽默诗文，根本是些胡涂东西——‘从他的作品看来，说他性情胡涂，也许是很对的。”’设若你开恩，把这里的“也许”除去，你也就无须乎和个胡涂人捣乱了。你看这干脆不？

这本小书的印成，多蒙陶亢德与林语堂两先生的帮忙，在此声谢；礼多人不怪。

舍猫小球昨与情郎同逃，胡涂人有胡涂猫，合并声明。

老舍 狗年春初，济南

原载《老舍幽默诗文集》，时代图书公司 1934 年初版。

《牛天赐传》广告

《论语》编辑部早就约我写篇较长的文章，有种种原因使我不敢答应。眼看到暑假了，编辑先生的信又来到，附着请帖，约定在上海吃饭。赔上几十块路费，也得去呀，交情要紧。继而一想，不赔上路费而也能圆上脸，有没有办法呢？这一想，便中了计：写文章吧，没有旁的可说。答应了。

答应了，紧跟着是绑上帐来：你到底写什么呢？先具个简单说明，以便预告给读者。我是有罪不敢抬头——写什么？我自已也愿意知道呀！

这可真难倒了英雄好汉。大体上说，长篇总是小说喽；我没有写史诗的本领，对戏剧是超等外行。对科学哲学又都二五八；只能写小说——好坏是另一个问题。

什么样的小说呢？是呀，什么样的小说呢？又被问住了。内容大概是怎回事？赶快想吧，想了好久，决定写《牛天赐传》。为什么？不能说，说破就不灵了。内容？还是不能说，没想出来呢。再逼我，要上吊去了。一定会有这么个“传”，里边有个“牛天赐”。他也许是英雄，碰巧也许是英雄的弟弟。也许写他的一生，也许写他的半生。没有三角恋爱，也许有。

幽默？一定！虽然这很伤心。怎么说呢？是这样：我原想从今以后不再写幽默的文章。有好几位朋友劝告我：老弟，你也该写点郑重的东西，老大不小的了，总是嘻嘻哈哈？这确是良言。于是我决定暂行搁笔，板起面孔者两月有余。敢情不行。一个人的时间有限，才力有限，鸭子上树还不如乌鸦顺眼呢。假若我不忙，也许破出十年功夫写本有点思想的东西。可是我老忙，忙得没功夫去想。在忙中而能写出的那一点，只有幽默。这是我的“地才”——说“天才”怕有人骂街。

幽默是了不得的呀，我没这么说。幽默是该死的呀，我没这样讲。一个人也只好尽其所能的做吧。百鸟朝凤的时节，麻雀也有个地位。各尽所能，铺好一条路，等那真正天才降临；这是句好话吧？整好步骤，齐喊一二三——四，这恐怕只能练习摔脚吧？真希望我能伟大，谁不应这么希望呢？可是生把我的脖子吊起来，以便成个细高挑儿，身长七尺有余，趁早不用费这个事，骆驼和长颈鹿的脖子都比我的更合格。在这忙碌的生活里，一定叫我写作，我实在想不出高明主意来。这不是发牢骚，也不是道歉，这是广告。广告不可骗人过甚，所以我不能说：“读完此篇，独得五十万元！”我只说：我要写一本《牛天赐传》，文字是幽默的。将在《论语》上逐期发表几千字；到现在，还一个字没写。

原载 1934 年 7 月 16 日《论语》第 45 期。

《天书代存》序

得一字一字的说明这四个字：天—书—代—存。“天”代表牛天赐。“书”是书信的书。“代”当代替讲，即狗拿老鼠多管闲事之意。“存”就是《胡适文存》的存。这么一解释，再把它们加在一起，就颇像个书名，而且是个很不坏的书名。“天书代存”，念起来声音很响；“天书”又满有“推背图”“烧饼歌”等字样所带着的神秘，而“代存”也和“亲善”一样有点鬼鬼祟祟，正自迎时当令。起个书名，有时候比写一大本书还难，特别是在这事事需要漂亮广告的时代。“天书代存”无疑的是个好书名，那么，它的内容如何，几乎可以不必过问了。这是个值得高兴的事。

不过，到底得说说它的内容，一来表示著者——或编订者——有相当的诚实，二来为是好往下写这篇序。

《牛天赐传》在《论语》上登完，陶亢德先生邀我继续往下写，作为《宇宙风》的特约长篇。我很愿意写，并非因为《牛天赐传》有什么惊天动地的地方，也非我对于传记文字特别有拿手，而是为每月进一些稿费。可是，我找不出工夫来写。人虽为稿费而生，但时间捆着我的手，我没法用根草绳把太阳拴住，如放风筝然。

有一天，我就跟赵少侯兄这么一发牢骚。敢情他有主意。他原来也是个崇拜牛天赐的，知道的事儿——关于牛天赐的——并不比我少。马上我们有了主意，合作好了。二人各就所知，把事实都搬出来，然后穿贯在一处，岂不只等提起笔来刷刷的一写。可是继而一想，谁去刷刷的一写呢？我忙，他没工夫，怎办？一人写一段又不大像话，因为无论我们把事实排列得怎样详密，文字到底是自己的；"风格即人"，我们不能因为要稿费而甘心变成矿物或植物，把"人"字撇开不管。我们不能。这几乎使我们要说：说点别的吧！

少侯兄又有了主意："你手里存着有牛天赐的信没有？"

"有些封，干吗？"我以为他要买我的呢。

"你看，我也有好些封，"他说，"而且存着些与他有关系的人的信。"

"还没听说开个铺子，专卖信件的！"我很不客气。

"你听着！"大概他是想好了主意。"把你我所存着的信都放在一处，然后按着年月的先后与信里的事实排列一番，就这么原封儿发表，既省得咱们动笔，又是一部很好的材料。假若将来有别人给他写传，还没法不利用这些封信。咱俩合编，报酬平分，怎样？"

我愿意，我一向以为既能省事又能得钱的办法是最好的办法。可是，“你存的比我多，当然搜集时所费的事也比我多；报酬似乎不应当平分”，这只是为显着我公道大方，完全没有诚意。

“可是牛天赐的第一部传记是你写的，你至少可以说你使这些封信增高了价值，虽然它们原来就有价值。还是平分。”

我不便再说什么，怕作过了火。可是我又想起来个问题：“咱们替他发表，他，牛天赐，要是不答应呢？”

“管他呢！”少侯兄很有把握似的：“咱俩揍他一个，还有什么可怕的，假若他一定找揍的话。”

“武力就是正义”，我完全赞同他的意见。不幸，牛天赐而找《宇宙风》的编辑先生去捣蛋，我想我们俩是能长期抵抗的，因为我们现在是精诚团结，拥护稿费的。

最后，编订那些信也需要些时间。可是我们相信在暑假前无论如何能竣事；现在顶好先预支些发表费——不过，这是我俩与编辑先生之间的私事了。

原载1936年3月16日《宇宙风》第13期。

理想的文学月刊

刊期：准每月一日刊发，永不差日子。

封面：素的与花的相间，半年素，半年花。素的是浅黄或乳白的纸，由有名的书家题字，只题刊名也好，再写上一首诗或几句散文也好。一回一换，永不重复。花的是由名画家绘图，中西画都可以，不要图案画。一面一换，永不重复。封面外套玻璃纸，以免摸脏了字画。每期封面能使人至少出神的看上几分钟，有的人甚至于专收藏它们，裱起来当册页看。

插图：永远没有死猫瞪眼的写家肖像或其他的像片；只要是图，便是由画家现绘的。每期必有一篇创作带着插图，墨的或全色套版的，最忌一块红一块黑的两色或三色版。

字数：每期至多十万字，至少六万字。永无肥猪似的特大号，亦不扯着何仙姑叫舅妈出什么专刊。遇有出专刊的必要，另出附册，字数无定。

广告：只登文人们的启事：某某卖稿，某某买书或卖书，某某与某某结婚或离婚，某某声明某某是东西或不是东西……启事都须文美字佳，一律影印。文劣字丑者不收，文字兼好者白登，且赠阅本刊。新书广告另附活页，随刊奉赠。

内容：每期有顶难读的文学理论一篇，长约万字左右，须一星期方能读完，每一句都须咂摸半天，都值得记住；受罪一周，而后痛快一个月，永不想自杀。创作：小说两三篇，至长的三四万字，至短的五千字；诗四五首；短剧一篇。书评：每期至少六篇，每篇不过二千字。翻译：限于现代的名著，洋古董一概不要。译文本身须成为文艺，以免带售立止头疼散。卷头语，感言，骂街，编后记，都没有。遇有十万左右字的长篇，须三四期登完。无论何项稿件都是文责自负，每篇之后注有作者简单的履历，及详细的住址——老家的，寄居的，服务机关的，岳丈家的……以便侦探直接捉拿——假如文字失之过激或欠激的话——与本刊无涉。不幸本刊吃了罣误官司，会计部存有基金，可提用为运动费，也不至被封禁。

编辑：理论，创作，翻译……都有编辑一人至四人负责，成若干组。发稿之前，各组将选好之件及落选之件送交总编辑审阅。每篇须有详明的硃批，好的地方画圈（不必印上），坏的地方拉杠（不必印上）。总编辑看过了，更抽出选好及落选之件各一篇，使各该组编辑背述篇中大意；背不出自然是没看过，当即免职。各组文字的排法，格式，字体，插图，自由规定，除纸张须一边儿大外，别无限制，花钱多不在乎。一切稿件认稿不认人，无老作家新作家与半老半新作家之分，稿费一律二十元千字，如遇作家丁忧闹病或要自杀的可以优待一些。发稿即发稿费，决不拖欠。落选之稿及早退回，并附函详细说明文字的缺点。如作者不服而在别的刊物上发牢骚，则由编辑部极客气的极详细的答辩，登载国内各大报纸。作者还不服，而且易讨论为叫骂，则由编辑部雇用国术名家，前去比武，文章必有武备，以免骂上没完也。

定价：每期售价一角。

原载1937年5月25日《谈风》第15期。

《西风》周岁纪念

《西风》是我所爱读的月刊之一。每逢接到，我总要晚睡一两点钟，好把它读完；一向是爱早睡的，为心爱的东西也只好破例而不悔。

《西风》的好处是，据我看，杂而新。它上自世界大事，下至猫狗的寿数，都来介绍，故杂；杂仍有趣。它所介绍的这些东西，又是采译自最新的洋刊物与洋书，比起尊孔崇经那一套就显着另有天地，读了使人有赶上前去之感，而不盼望再兴科举，好中个秀才；故新。新者摩登，使人精神不腐。

这两种好处使我一拿起它来，便觉得我是拿起一本月刊。我心里并没有打算好什么是理想的月刊。不过仿佛以为月刊就和花草一样，一见到总能有些清新之感，使我爱那些颜色与香气，和叶儿上的那些露珠。《西风》，因为它是杂而新，就好像是刚买来的一些鲜花；拿起它来，我决不会想我这是要读一本什么圣经贤传，而必须焚香净虑的，摇头晃脑的，摆起酸腔臭架。不，我无须这样；我仿佛是得到一些鲜花，看它们，喜爱它们，而可以不必装蒜。在不装蒜之中，我可是得到许多好处，多知道了许多的事。所以，我觉得《西风》真是一本月刊；它决不会子曰然而的让我看些洋八股，决不会字里行间有些酸溜溜的味儿，使我怀疑莫非又上了什么洋当。

因为我爱它，所以希望它更好一点。我盼望它以后每期也介绍一两篇硬性的文章，如新出版的重要书籍的评判，如世界大事的——像西班牙的内战，苏联的清党——说明与预测，如哲学与艺术的新趋向——分量加重一些，或者可以免得公子哥儿们老想到这儿来找怎么系领带与吃西餐，小姐们老想到这儿来找西洋婚礼的装束打扮与去雀斑的办法。

近代文艺名著每年能介绍几篇也好，但长篇连载的东西不必限于文艺，自然科学与社会科学的名著也应当硬来一下——若是别的部分编得还是那么好，或者这硬来一下也不至于影响到销路。

更希望多加些照片。

《西风》万岁！

原载1937年9月1日《西风》第13期。

批评与偏见

最坏的批评者是以“偏见”代替学识。对某事本一无所知，而偏要发表意见，那就只好拿出仅足以使自己快意的偏见，来信口乱说。这，说句老实话，只是取巧。假若非拿出来不可呢，对人对己全无好处；因此，也就是最坏的批评，或者根本不算批评。

我颇有几位交情很好的外国朋友。我可是得先说明白，虽然他们是好朋友，可并不是好批评者。大概的说，他们可分为两派：一派是以为中国的一切都要不得。假若中国人还不赶快一律变成英国人或美国人，则中国在一眨眼的工夫就会灭亡。另一派恰恰是与此相反。他们以为只要中国还有一架钢琴，或还有一个穿西装的人，中国就永无半点希望。他们的主张不同，而主张之本质却是一样——偏见。假若他们是中国人呢，他们也许只在茶余酒后，随便说一说也就算了。可是，他们都是外国人，都带着外国人那股自居高明的劲儿。

所以他们不但谈论，而且要写成文章，教全世界都晓得他们是中国的救主。

这些救主很难伺候，假若你穿了一双皮鞋，去见那以为中国原有的东西都绝对不许更改的人，你就会遇到最大的冷淡。你应当穿一双青缎官靴去，最好是穿全身的行头，头戴雉尾翎。可是，当你去看那以为中国没有一样东西值得保留的人，你便须连姓也改成乔治或爱德华。否则，你刚一进门，他们就许告诉你，他正要睡觉。他们的偏见，以及用偏见养成的傲慢，使他们会把东洋与西洋的礼貌一概忘掉。

比较一下，那以为中国事都该改革的，往往还比以为中国事都不该改的强一些。因为，前者还多少有点善意，希望中国往新的路子，世界的路子上去走。即使他不大明白中国事，可是起码也许懂得一点外国事。后者呢，他根本不懂中国事，而硬说中国该关上大门，并且把自己锁在自己的床上。对外国事，他也不大知道，要不然，他便不会不权衡中外，作个比较，而后发言。他一看见中国人演话剧，马上气个倒仰。“你们有自己的插雉尾，打鬼脸的戏，为什么去学外国？”他会气冲冲的说。可是，话剧和中国旧戏，是否是同类的东西？他大概没有思索过。他也许只看过一回川剧或平剧；昆腔就恐怕根本没听说过。那么，你就无须问他，昆腔何以衰亡？川剧或平剧已发展到什么阶段？和他们有什么前途？你无须问，他根本不懂。学识是偏见的扫荡者呀。

真的，我切盼我的好友也变成好的批评者，假若他们能把傲慢收起去，而虚心的多研究一点什么。中国正在改变，需要批评，而批评不能拿空洞的偏见作基础。

原载 1943 年 4 月 23 日《联合画报》第 24 期。

致陈逸飞

一九三〇年五月二十六日

逸飞先生①：

您来，正赶上我由津回来大睡其午觉，该死！其实，白老先生②也太爱我了，假如他进来叫我一声，我还能一定抱着“不醒主义”吗？

您封我为“笑王”，真是不敢当！依中国逻辑：王必有妃，王必有府，王必有八人大轿，而我无妃无府无大轿，其“不王”也明矣。

我星期三（廿八）上午在家，您如愿来，请来；如不方

①陈逸飞，当时为北平《学生画报》的记者。

②白老先生，即老舍先生的好友、语言学家白涤洲先生的父亲。

便，改日我到您那儿去请安，嘛！

敬祝

笑安

弟 舒舍予 鞠躬

30.5.26

陈逸飞：《老舍早年在文坛上的活动》，原载 1981 年《芒种》9 月号。

致黎烈文

一九三二年十二月二十八日

烈文[1]先生：

您向我要小品文；老实不客气讲，咱不会。请您往这边来，有句私话：我对大品中品文字都有拿手——底下那句似乎不必说。不信请问马大婶去，我是不是大品文字的文豪！不过，您一定非别扭我不可，我自有主意。您看，我只须由大品往下一溜，溜成中品，再由中品往下一溜，溜为小品，其庶几乎？但是，从中国文学史上看，大品文字真是麟毛凤角（出角的凤是种两栖动物，据说），在咱们的“国书”中——这应与国术国耻国学等并列，不是驻英或驻法公使拿着的那纸文书——还没见过一部或一篇大品诗或文。您也许相信这个？有此原因，我对小品文到底有些冷淡；您看，我是要给国书中添上几本大玩艺。我得取法乎上上，以得其

①黎烈文（1904—1972），现代著名作家、翻译家、教育家。当时任《申报·自由谈》主编。本信发表时题为《老舍来信说》。

上；得跑到无极的上边，以便生太极。太极拳是国术，太极文正好是国书。等我的杰作出世的时候，连萧伯纳带莎士比亚就都得入中国籍，学咱们的国学。因此，我还是不能往下溜；“鲤鱼打挺”是我的态度。大品文的大法，您可晓得？上帝造人，您可看过？我晓得，看见过。上帝说，叫世界有光，刷的一下，金光万道，十五个太阳，带着几万万万大小不等，一齐发笑的明星。叫世界有人，拍的一声，人山人海，人心人肺，人情人理，人命关天。您看，我的大品文的大法至无能也要与这个相似。您叫我写小品文，设若我少着一分幽默，非急了不可！

假如您以为这全不对，那么，您说到底什么是小品文！

祝

吉！

弟老舍鞠躬

十二月二十八日 济南

原载1933年1月1日《申报·自由谈》。

致赵景深

一九三〇年四月四日

景深[①]兄：

家中叫我早早回平[②]，日内不得不搭船北上。你的婚礼[③]因而不能看见，深觉罪过！送你一本小书[④]，聊表贺意，请你原谅我，接收我那点诚意！敬祝

平安！

书托友人贾君奉上，他与我同船北伐。他是在法国读文学的。

弟舍予躬

4月4日

①赵景深（1902-1985），现代作家、教育家，当时任《青年界》编辑。

②老舍先生曾在英国执教5年，1930年3月回国后住在上海郑振铎家中写完《小坡的生日》，4月，老舍先生接到家中来信，催他回北平。

③赵景深与李希同于1930年4月19日结婚。

④ Ludw1g 的英文本《歌德传》。

一九三三年四月

景深兄：

元帅发来紧急令：内无粮草外无兵！小将提枪上了马，《青年界》上走一程。呀！马来！

参见元帅。带来多少人马？两千来个字①！还都是老弱残兵！后帐休息！得令！正是：旌旗明日月，杀气满山头！祝吉～

弟舍予躬

附臭文一

一九三三年十二月

景深兄：

幸不辱命，赶成一篇②。此篇文字尚欠斟酌，但不失为得意之作——有点像莫泊桑。请多赏两个酒钱，以示鼓励。祈留版权。前载过之《马裤先生》忘书“留”字，但仍欲归入短篇集中，应扣之酬金请由此次扣留。谢谢！

像片已送给《矛盾》月刊一张，如不愿重出，即希存在

---

①指 1933 年老舍先生寄给赵景深的短篇小说《马裤先生》。

②指短篇小说《眼镜》。

尊处吧。祝

吉～

附文一

像片一[1]

弟舍予躬

一九三四年四月二十八日

景深兄：

诚如君言，无事不登三宝殿；但希有求必应！《小坡的生日》本应在4月出版，但上海之战，将它的底版也烧坏。听说“商馆”因此不再印它。这篇东西颇得冰心之赞赏，为小孩子读也确还过得去。您有意思要没有？您是个提倡儿童文学的，所以我一向忘了它，而今心血忽然来潮，掐指一算，便算到您。您如愿要的话，我有现成的稿子，卖也好，抽版税也好[2]。

不过，如您愿要，请分神和徐调孚提一声，问他商务是否决不再印它。我给他去信问过此事，他始终没答复我——或者因为忙的缘故。他——现在管文学会的事——如说 yes，

①指与《眼镜》刊登在同一期杂志上的照片。

②《小坡的生日》一书原版藏于商务印书馆，被“一·二八”的战火烧毁，老舍先生有意将其改交北新书局出版。

咱们的交易便可成功。自然您要说 no，我也不恼。我倒不必一定要印它，不过弃之可惜罢了。暇时祈赐示！先谢谢！祝吉～

弟舍予躬

廿八日

一九三四年十二月十九日

景深兄：

谢谢信！收据一纸奉上，祈纳。

以前所写的长篇，都是利用年假与暑假的工夫，因此，已有两三年没休息过。今年年假与明年暑假决定休息，所以不敢答应“长”买卖；虽然对您与小峰先生的赏脸是十二分感激的。我写长篇还是非一气写全不可，叫我随写随在杂志上发表，我便不定写到什么地方去，本来我就是信口开河，结构向来不精好，这么一来便更漫无限制了。早有人提议叫我写点发表点，而后成书，可是我不敢。有这点限制，又加上暑假决定休息，恐怕明年一年不会写长篇了。看吧，假如明年秋间能离开学校，那便好办了。我很希望不再教书。自然从经济上看，我现在还不敢说我能专靠写文章吃饭，除非得了五十万的头彩。

关于条件，就暂不必提吧；等多咱我有工夫写再说。

只要能写，条件是好说的，因为我的天性随和，不会瞪眼要大价。

我想了好久，确是非休息一个暑假不可了。我一想：不休息则会累死；累死则不能吃饭；不能吃饭则损失甚大。决定休息，甚合逻辑。

东华，《文艺月刊》，早就要长篇，也都谢绝，因为要休息哟。平日一面教书，一面写，只能写短文。那么，决定歇夏，则长篇吹矣。匆复，祝

吉~

附收据一

弟舍予躬

十九

一九三六年五月

景深兄：

谢谢信!

稿子手下没有，短篇新近才交开明出集子[①]，长篇又都有了主儿，如何是好?

①指《蛤藻集》。

《青年界》的稿子，得到明年再说了。你看，老景，我的预定工作已经定到明年夏天；天天干，恐怕还交不上活，怎敢乱应新买卖？看吧，明年暑中有暇必给您一篇。请您原谅吧！干咱们这行的，闲着不好，忙也不好，怎办？匆复，祝吉~

弟舍予躬

五.[1]

赵景深:《我所认识的老舍》，原载1980年《艺术世界》第1期。

①此日期大概为1936年5月。

励友人书

一九三三年九月二日

××仁兄：

在咱们的社会里没有“大”事体。东北四省丢去谁曾落一个泪来？赤俄的五年计划还不是说说而已？你可能告诉我一件“大”事？高明而憧憬的你！不能：本来没大事，从哪里说起呢？自然，包了一把三翻是天大的事，可是和旁家打起来而终于没包，那么说它作甚？昨天咱的肚子疼了一阵，恐怕是要生小孩：怎奈咱不是女性。是故天下原无大事，为人何不马马虎虎？天地者万物之逆旅；欠下旅馆费，虽秦二爷亦舍不得卖黄骠马也。大事化小，小事化无，是为上策。夫中华亦大国呀，失了四省，则较小矣，是谓大事化小，省去许多麻烦。全国亡了，不过小事化无而已，何足虑哉。生今之世，最宜不要脸：脸之全部有多大面积，就说和东三省比比吧？骑着脖子大便，任凭于他，到底是他的粪落在咱哥儿们的脖子上啊，大小总是个便宜。哀莫大于心死——胡说！心怎会死，设若身上各部活活泼泼？你若不抓弄俩钱，因而没有饭吃，没有女性一同就寝，身上怎能活活泼泼，眉眼怎能乱动？手足眉眼僵硬不动，心会活着？连这个都不懂，白活！狗本食肉之兽，不得已乃改而吃粪，意识不能决定生活状态，而生活状态实决定意识的形式：虽马克司复生，不易吾言哟！我们的字典上没有“耻”字。耻是抽象的，面包与女子是具体的。不信，你要为国难发愁而七日不食，耻则耻矣，可是你那个“象”即被阎王抽去，这是玩的吗？反之，你舒舒服服吃点喝点恋点，身胖因而心广，人说你是亡国奴，你正自肥头大耳朵，哪个更近于生命的真实？在生命上，小事是一切；大事根本没有一件。记住了这个，高明的你。以脸说吧，它是为有人说你的大衫不漂亮而红的；难道日本人打了南京几炮也值得脸红？南京又不是你的私产！自然你若在那儿有处小房便另一个说法了。就是别着急，瞎混着比什么也强。今天就和你谈到这儿吧。祝吉！

舍 九月二日

原载1933年9月15日《申报·自由谈》。

致李同愈

一九三五年八月十七日

按平时你叫我写文章，这是我愿意干的事儿，假若我有工夫。可是我真没工夫，怎办呢？再来一个，怎办呢？

你说："有人说，你一天能写两万字"，不可能的事！即使我真的下笔万言，而万言都是废话，至好我不过是个废人罢了，有何好处？说真的，我们所以写不出好东西，贪多也是原因之一。以我自己说，我每天至多写不过两千字，一星期里也就有三四天能顺顺当当的写到这个数儿。这么着，算起来每月可以写一万到三万字。可是，这两三万字，设若细细的看一下，哼！大概连一半像话的也没有！有时候，我随写随扯，因为写得太要不得了。幸而能成篇了，好不好？不敢再问。哈，各处都有了我的稿子，似乎我是个"红"人；我敢再读自己的作品吗？！虽然只是两三万字哪，一个月，不是一天，我已经觉得既对不起读者，又对不起自己！

可是，我还是得写；虽明知这不是办法。这就来到实际的问题了：第一是朋友们要稿子要的紧，不给谁也不好。比如我一月只写五千字，用三四天的工夫写完，而后便去慢慢的，详细的，修改。这五千字必定能像个样儿。可是我交给谁去发表呢？交给一位朋友，便得罪其余的朋友。我这并不是要把罪过都推在编辑者的身上，我是述说事实，而希望大家想个办法。作编辑的以能拉到稿子为本事，他是为别人作事，不能不这样。在作者明知把写五千字的力量用在五万字上必定失败，在编辑者也明知大家拉一个人写是不妥当的，可是大家都是朋友，被拉的不好意思不写，拉者不好意思只看别人拉。这样，好了，大家吃了亏，而读者最吃亏。大家应当想想办法，这不是玩的。

再说呢，即使我肯得罪朋友，少写而要精到，我在收入上可就吃了亏——还不仅是吃亏，简直不能维持生活！这算是第二方面。一篇稿子不定得几个大钱，可是不写便连几个大钱也玩完了。我没有财产，不能玩票；又没有喝西北风而能饱了肚子的本事。我得吃，我的母亲得吃，我的家小得吃，先不提别的。一月只写五千字，只进十五块大洋，我和家里的人都吃什么呢？稿费并不因为我那五千字写得好而增加呀。

有人可就说了哇，写好东西，抽版税，一卖卖廿万本，还不能足吃足喝吗？对，廿万本！谁的作品能在中国卖到廿万本呢？翻译过的世界名著能卖到多少本呢？《三侠五义》或者倒能卖这个数儿，我不能写《三侠五义》；我的作品已经够丢人的了！书既卖不动，而要五年写一本，这只有一个办法，写完了——或还没写完——去跳河吧。这个问题复杂了。在一开首，我说作者应该努力；说到这儿，作者几乎没法努力了。我知道我自己是饿着肚皮写不了字的。这不是作者个人能解决的了。我很知道：三年不动笔，专去读名著，和观察我所需要的人与事，而后用十年八年的工夫写一本东西，这多么好！好是好哇，这些年怎么活着呢？穷而后工，我知道；死而后工，工也没用了！文艺作品，无论如何大众化，大众若不识字，大众若买不起书，还是没用。这问题越说越远了，也就越不好解决。

呕，有人笑了，原来阁下写东西是为钱哪！为钱，为钱，就是为钱，因为我穷，我要是不为肚子，谁注意稿费，谁不是人！良心胜不过肚子去！

多要稿费呀。少要还欠债呢，敢多要？没看见书局今天开了明天关吗？我敢说，现今天字第一号的作家作出一本东西，钱货两清，要一千块钱，就不会卖出去，除非他自己是书局老板，而愿捣这个乱玩。

我太泄气了，是的，我泄气；我不愿把泄气的话藏起来，而只说好听的。作家的生活问题，大众购书能力与识字能力问题，编辑拉稿问题，书业与……问题，种种问题，都泄气，我没法不泄气，虽然我不是不懂得要强。我们为何没有伟大的作品？原因很多，可是这些泄气的地方似乎也是不可放过的。

对于作家生活问题，我还得说两句，以免误会。我不是说文人的生活应当怎样舒服，我是说文人在舒服的生活中也比别人要多花点钱。他得读书吧？书从哪儿来？我在大学里混了五六年了，我知道大学里的书怎样不够用；我所要看的书，十之七八得自己去买。书，特别是洋书，多么贵呢！读书而外，他得旅行吧，到处去观察吧？以我自己说，我没地方去弄免票，或半价票去，而且也不屑于去弄？我出门，我自己掏钱。这些必须花的钱从哪儿来呢？

先不必说这个吧，不买书，不旅行，给它个整天的瞎混；可是瞎混也不能缺乏衣食住行这四项花费不是？卫生总得讲吧？在日常生活上，文人与普通人所需要的一样，而多着一些特别的开销。这个困难不解决，而想叫马儿好，又叫马儿不吃草，据我看是办不到的。

我知道，有许多文人因为困苦而早死；死后，大家说他们可钦佩，为艺术而牺牲。可是，假如他们不那么困苦，而多活几年，成就岂不更大吗？饿死谁也是不应当的，为什么文人偏偏应当饿死呢？

作家们努力呀！作家的困难可也应当大家来帮助解决呀！

原载1935年8月17日南京《中央日报·文学》。本信发表时题为《文人——致李同愈先生》。

编后记

2019年，将迎来老舍先生诞辰120周年。

老舍先生是著名的现代作家，也是不朽的“人民艺术家”。尽管老舍先生去世已经50多年了，但他似乎一直没有离去——因为阅读老舍、研究老舍，仍然是数十年来持续不衰、备受关注的文化热点。

笔者从1978年开始搜集资料，研究老舍。从《老舍年谱》到《老舍资料考释》，再到《〈老舍全集〉补正》《老舍论集》等著作，笔者与老舍研究结下了不解之缘，至今也整整40年了。在严谨考证、探讨论述、历史还原之余，让更多的大众读者阅读老舍、走近老舍，也是老舍研究者义不容辞的责任。

编选一套老舍文集，特别是分门别类的散文精选集，是我们十多年前拟定的一个编辑出版计划。从原初构想的十卷系列，到最终落实的便是这套凝练精选的四册小书，我们简明地称它为——“老舍四书”。人生如四季，笔墨写春秋，“老舍四书”从一个侧面呈现着作家舒庆春的舍予春秋，记录着他的生命踪迹、文学造诣和一个时代的世事悲欢、风雨沧桑。

《老舍说幽默》，集中呈现老舍的幽默观念和幽默的文字风格。在老舍看来，幽默首要的是一种心态——“所谓幽默的心态就是一视同仁的好笑的心态”。老舍的笔下总含蕴着“含泪的微笑”背后的温良、练达和智慧。诚如他所言:“和颜悦色，心宽气朗，才是幽默。”当然，其中选录的篇章，虽不能保证每篇每段皆文风幽默，但相信整体上是会让读者体味到老舍的幽默与智慧的。

《老舍话风物》，偏重于老舍关于人文地理、风光景物、行旅随感以及可爱生灵的散文篇什。其中，《济南的冬天》《猫》等诸篇，已属脍炙人口的名作，也是中国现代散文的代表作。老舍对于地域自然、生灵万物的敏感多情与浓墨抒发，给人以情绪感染、情操陶冶和情愫感动。诸多文字沉积着一个时代的鲜明印记，也凝聚着一代作家的心灵脉动，至今读来，依然鲜活生动。

《老舍记亲友》，收录老舍对于亲人、师友、同仁等诸多人物的回忆、缅想、评述和怀念。《宗月大师》《我的母亲》等篇章都是发自肺腑、感人至深的经典之作。老舍一生，敬奉亲师，广交朋友，人缘颇佳。但是，他的性格在温厚随和之外，其实又有着刚强坚韧的一面。他对世间人物的眷恋、思念，他与各界人士的交游、酬答，多见其本真性情和处事品格。那个时代、那些人物，都已成为不可复制的记忆。

《老舍谈人生》，编选老舍关于人生经历、自述杂记以及创作之谈的文章。举凡理想家庭、生儿育女、搬家居舍等日常生活，和协会事务、人生自传、创作得失等荦荦大端，在老舍笔下写来都淋漓尽致，别具情趣，亦五味杂陈。老舍既是一位以写作为生的作家，也是一位四处奔忙的社会活动家，他的文学创作、家庭生活、社会活动，紧密相连，不可分割，读懂全部，才会读懂一个完整的老舍。

需要说明的是，“老舍四书”的文字内容，大都依据可靠版本予以汇校。对于老舍的行文习惯、遣词造句、标点符号，尊重原本，一般不作改动。四册小书的各册之中，又依据内容和时间隔分为多个小辑，以便于读者阅读。所以，这“四书”具有自己的特点，与世面上通行的一些版本并不尽相同。

在“老舍四书”即将付梓出版之际，首先要感谢老舍先生的家人 40 年中给予的大力支持和帮助。2017 年秋，我们赴北京拜访老舍先生的长女舒济先生，她对“老舍四书”和笔者的《〈骆驼祥子〉汇校本》热诚地予以充分肯定，并提出了中肯的意见。借此机会，诚致谢意！

此外，我的学生王任从师多年，承担了本书从策划到落实的主要工作；齐鲁书社许允龙先生大力支持，多加督促；责任编辑辛勤劳动付出；美术编辑王高杰精心设计制作，还有参与本册初稿输录的肖一凡。在此，一并致谢。

限于水平和时间，本系列小书难免会有疏漏之处。谨请方家和读者指正，以便于将来修订时改正。

张桂兴

记于二〇一八年济南的秋天

图书在版编目（CIP）数据

老舍说幽默 / 张桂兴，王任编 . -- 济南：齐鲁书社，2019.6
（老舍四书）
ISBN 978-7-5333-3891-6

Ⅰ . ①老…　Ⅱ . ①张…　②王…　Ⅲ . ①散文集—中国—现代　Ⅳ . ① I266

中国版本图书馆 CIP 数据核字（2017）第 305957 号

老舍说幽默
LAOSHE SHUO YOUMO

张桂兴　王任　编

主管单位　山东出版传媒股份有限公司
出版发行　齊魯書社
社　　址　济南市英雄山路 189 号
邮　　编　250002
网　　址　www.qlss.com.cn
电子邮箱　qilupress@126.com
营销中心　（0531）82098521　82098519
印　　刷　山东临沂新华印刷物流集团有限责任公司
开　　本　880mm × 1230mm　1/32
印　　张　7
插　　页　2
字　　数　140 千
版　　次　2019 年 6 月第 1 版
印　　次　2019 年 6 月第 1 次印刷
印　　数　1–3000
标准书号　ISBN 978-7-5333-3891-6
定　　价　28.00 元